少林棍王

소림곤왕

한성수 新무협 판타지 소설

FANTASTIC ORIENTAL HEROES

소림군왕 6
한성수 新무협 판타지 소설

초판 1쇄 찍은 날 § 2009년 12월 23일
초판 1쇄 펴낸 날 § 2009년 12월 30일

지은이 § 한성수
펴낸이 § 서경석

편집장 § 문혜영
편집 § 서지현

펴낸곳 § 도서출판 청어람
등록번호 § 제1081-1-89호
등록일자 § 1999. 5. 31
어람번호 § 제2-1861호

주소 § 경기도 부천시 원미구 심곡2동 163-2 서경B/D 3F (우) 420-822
전화 § 032-656-4452 팩스 § 032-656-4453
http://www.chungeoram.com
E-mail § eoram99@chollian.net

ⓒ 한성수, 2009

ISBN 978-89-251-2034-8 04810
ISBN 978-89-251-1861-1 (세트)

少林棍王

소림곤왕

6

풍화난무(風火亂舞)

한성수 新 무협 판타지 소설

FANTASTIC ORIENTAL HEROES

청어람

第五十章
권토중래(捲土重來)

少林棍王
소림곤왕

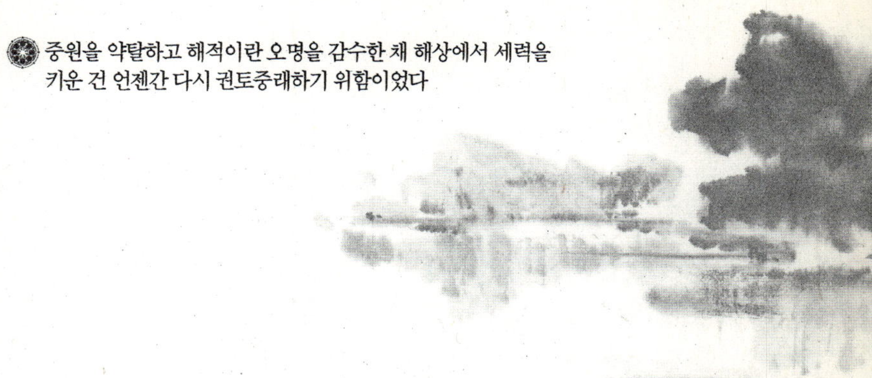

길림성(吉林省) 료원(遼源).

무순의 천단에서 유대유는 황천기주의 암살에 실패했다.
목숨을 걸어도 그를 죽일 수 없었기 때문이다. 무인이 아니라
병법가로서의 판단이었다.

그 후 그는 황천기주를 장춘(長春)까지 추격하다 후금의 엄
청난 군세를 만나게 되었다.

황천기가 아니다.

팔기군 중 가장 포악하다 알려진 흑천기(黑天旗)의 흑색창
기병단(黑色槍騎兵團)이 그가 만난 군세였다. 드넓은 동북아
의 초원을 쓸어버린 무적의 군단과 맞대면하게 된 것이었다.

사흘에 걸친 대격전!

피투성이 싸움 끝에 그는 황천기주를 놓쳐 버렸다. 흑색창기병단의 피로 온몸을 물들이고서도 목표를 완전히 놓쳐 버리고 만 것이다.

그 뒤에 선택할 수 있는 방법은 몇 없었다.

도주와 옥쇄.

몸을 가릴 곳도 없는 초원 한복판에서 죽음조차 두려워하지 않고 돌격해 오는 흑색창기병단을 이길 가능성은 없었다. 목표인 황천기주가 없는 상황에선 더욱 그러했다.

다행히 흑색창기병단 역시 이미 큰 피해를 입은 상태였다. 사흘간의 대결로 인해 선발대 격인 오천의 병력 중 일천이 괴멸적인 피해를 당했다. 도주하는 유대유를 쉽사리 쫓을 수는 없었다. 사실 그럴 필요도 느끼지 않았다.

이유는 자명했다.

팔기군의 발원지라 할 수 있는 무순의 천단을 부순 유대유의 존재는 이미 후금 전체에 소문난 상태였다. 각자의 세력권을 지킨 채 암중으로 치열한 주도권 싸움을 벌이고 있던 팔기군에 의해 길림과 요녕 일대로 완벽한 천라지망이 펼쳐져 있다는 의미였다.

결국 그 후 열흘에 걸쳐서 유대유는 다시 몇 차례나 되는 피투성이 싸움을 벌여야만 했다. 암살자에서 도주자로 위치가 급전직하해 버린 것이었다.

'이 싸움, 이젠 황천기주를 죽이는 것이 아니라 나 유대유가 살아남느냐 마느냐로 바뀐 것인가?'

피에 전 수중의 묵룡천뢰곤을 씁쓸하게 바라보며 유대유가 내심 고개를 가로저었다. 연이은 격전으로 인해 제대로 된 휴식은커녕 병기를 손질조차 하지 못했다.

그도 그럴 것이 그는 흑색창기병단에게서 도주한 후 적천기(赤天旗)의 적색도수병단(赤色刀手兵團)과 싸워야 했고, 곧 녹천기(綠天旗)의 녹수독검단(綠手毒劍團)의 합공 역시 당했다. 마치 치밀하게 짜여진 각본에라도 빠진 것처럼 연이어 강적들과의 대결을 치르게 된 것이었다.

유대유는 이를 연파했다. 이겨냈다. 살아남았다. 그렇기에 지금 료원을 앞에 두고 있을 수 있었다. 초인의 경지에 도달한 무인이기에 가능한 일이었다.

다만 오래전에 금강불괴체(金剛不壞體)를 완성한 그의 강철 같은 육신에는 지금 상당한 후유증이 새겨져 있었다.

자잘하게 자리 잡은 상처는 별것 아니나 극한까지 묵룡천뢰곤을 사용한 끝에 내기와 외력이 탈진 상태로 돌입한 상태였다. 휴식이 절대적으로 필요한 시기였다.

꿈틀.

문득 유대유의 검미가 가벼운 움직임을 보였다. 대기와 대지를 따라 전해져 온 미세한 진동과 파동이 그의 육신을 다시 긴장시켰다.

'삼십 리 밖, 대군이다!'

여태까지 그가 상대했던 부대가 팔기군을 대표하는 정예였다면 이번엔 조금 달랐다. 대지와 대기를 압도할 만큼의 위세를 지닌 대병력이 사방에서 밀려들고 있었다. 아예 작심하고 료원 일대를 압박해 오고 있음이 분명하다.

꾸욱.

묵룡천뢰곤을 든 유대유의 손에 자신도 모르게 힘이 들어갔다. 극도로 체력과 심력이 저하된 상태에서 만난 대병력에 초인이라 할 수 있는 그조차 긴장할 수밖에 없었다.

단! 그리 오래는 아니었다.

문득 입가에 강인한 미소를 매단 유대유가 천천히 내기를 일으켰다. 천라지망을 펼친 채 다가들고 있는 후금의 대병력을 정면으로 돌파하겠다는 심산을 굳힌 것이다.

'어차피 황천기주를 죽이는 데 실패했다면, 이번 기회에 후금의 기세를 완전히 꺾어놓는 것도 나쁘진 않으리라!'

내심 터뜨린 일갈과 동시였다.

스륵!

유대유의 신형이 대지 위로 반 치가량 떠올랐다. 돌격을 하기 전의 예비 동작에 들어간 거다. 천하의 어떤 대병이나 정병이라 해도 결코 막을 수 없는 압도적인 돌격 말이다.

"우와아아아아아아!"

우두두두두두두!

멀리서 함성이 들려온다. 지축을 울리는 건 말발굽 소리다.

그 중심부를 향해 유대유가 신형을 날려갔다. 둑룡천뢰곤과 하나가 된 채 파고들었다. 이제 다시 혈전을 시작할 시간이 된 것이었다.

*　　　*　　　*

절강성.

유군은 회계산(會稽山) 앞에 포진하고 있었다. 이곳이 바로 대도인 소흥(紹興)의 방벽이 되는 장소인 까닭이다.

중요한 건 소흥이 아니었다.

소흥의 뒤로 이어져 있는 관도를 따라 쭈욱 가면 나타나는 천 년의 고도 항주(杭州)였다. 회계산에서 해월낭인대를 막아내지 못한다면 소흥이 약탈당하고 곧 항주까지 전화의 불길이 확산될 가능성이 생긴다.

그리되면 어찌 될까?

항주를 지키기 위해 절강성 전역의 관군이 모여들 것이고, 그사이 해월낭인대는 완전히 물 만난 고기가 된다. 중앙 정부에서 대병을 조직해서 토벌대를 보낼 때까지 그들을 막을 관병 자체가 아예 존재하지 않게 될 테니 말이다.

‘그 점을 과연 그 친구도 알고 있는 것일까?

며칠째 계속된 군회의 끝에 이르러 마지막으로 유군의 현재 입장을 다시 한 번 확인한 척호가 고심 어린 표정을 지어 보였다. 지난 사흘간 적극적으로 운용한 척후조가 보내온 정보가 생각보다 마뜩치 않아서였다.

그의 우편에 자리 잡고 있던 척가군의 선임 부장 혁련성이 눈을 빛내며 말했다.

“대장, 고작해야 오백 내외의 병력이라고 합니다. 그런 자들을 믿고 과연 우리 군 전체가 움직여야만 하겠습니까?”

좌편에 있던 유군 최고참인 천인장 우승 역시 부정적인 표정이었다.

오백이란 병력보다 지난 이틀간 본격적으로 벌어진 전투의 결과가 꽤나 예상을 벗어나 있었다. 냉철하고 합리적인 사고를 지닌 그에겐 마음에 들지 않는 전개임이 분명하다.

“이틀간 세 차례 싸워서 일승 이패의 전적이외다. 좋지도 나쁘지도 않은 건 둘째 치고 당최 전략적으로 어떤 의미가 있는지 모르겠소이다.”

척호가 듬직한 어깨를 한차례 추어 보였다. 그 역시 그다지 아는 바가 없다는 뜻이다.

하지만 혁련성과 우승은 보았다, 척호의 입가에 매달려 있는 여유있는 미소를.

‘생각해 놓은 바가 계시구나!’

‘이런 상황에서 미소라! 역시 뭔가 생각한 바가 있다는 뜻
인가?’

그때 군회가 열리고 있는 막사의 밖에서 다급한 발걸음 소
리와 함께 우렁찬 목소리가 들려왔다. 척호의 느긋하던 표정
이 바뀐 건 바로 그때였다.

“세 번째 싸움이 벌어졌습니다. 위치는 와호산(臥虎山) 부
근입니다.”

‘와호산!’

내심 일갈을 터뜨린 척호가 두툼한 손으로 박수를 쳐 보
였다. 그가 꽤나 간절히 기다리고 있던 소식이었기 때문이
다.

우승이 뒤늦게 알아챘다.

“그 정도 병력 가지고 와호산에서 싸움을 벌였다는 건 우
리의 대응을 기다리고 있는 것이 아니겠소이까?”

척호가 고개를 끄덕여 보였다.

“물론입니다.”

병법에는 조금 눈이 어두운 혁련성이 척호와 우승을 번갈
아 보며 의아한 표정을 지어 보였다. 도대체 와호산에서 세
번째 싸움이 벌어진 게 병법과 무슨 관련이 있는지 짐작조차
할 수 없는 것 같다.

우승이 답답하다는 듯 말했다.

"혁련 부장, 자네는 포위섬멸전의 기본인 망치와 모루의 관계를 모르는 것인가?"

"마, 망치와 모루요?"

"그렇네. 망치는 때리고 모루는 그걸 받아내는 게 목적이 아닌가?"

"그야 그렇습니다만……."

"그러니 망치는 선공을 의미하고 모루는 후공과 방어를 뜻하네. 선제공격과 후방 타격 말일세. 그런데 이번 증원군이 이곳으로부터 백 리밖에 떨어지지 않은 와호산에서 해월낭인대에 싸움을 걸었으니, 모루의 역할을 자처한 것이 아니겠는가?"

척호가 친절히 부연설명해 줬다.

"그러니 우리는 망치의 역할을 맡아야만 하는 거지. 저들이 해월낭인대의 천라지망과 대치한 채 구멍을 뚫으면서 시간을 끄는 사이 이곳을 떠나는 거야. 전속력으로 해월낭인대의 후미를 때리는 게지."

혁련성이 더욱 멍청해진 표정이 되었다.

"그런데 그게 가능하겠습니까? 저들은 고작해야 오백밖에 되지 않는다고 들었습니다. 어찌 그 지독한 해월낭인대를 상대로 저희 유군이 후방 타격을 할 때까지 버틸 수 있겠습니까?"

"그건……."

척호가 잠시 말끝을 흐렸다가 차갑게 가라앉은 눈빛을 내보였다.

"…그건 그들이 알아서 할 문제야. 자신이 있었으니까 포위섬멸전의 모루 역할을 맡은 게 아니겠어?"

"그야 그렇습니다만……."

"거기까지! 어차피 여태까지 전선은 교착 상태였다. 이제 그 교착을 풀 기회가 왔는데, 잡지 못한다면 나는 제대로 된 지휘관이라 할 수 없을 것이야!"

"……."

혁련성이 입을 굳게 다물었다.

이런 때의 척호에 대해선 누구보다 잘 알고 있다, 절대로 자신이 한 결정을 거둬들이지 않는다는 것을.

'그런데 진짜로 이번 증원군, 자기들이 모루의 역할을 하고 있다는 자각을 하고 있는 것일까? 아니, 그보다 대장은 얼굴 한 번 보지 않은 그들을 뭘 믿고 유군 전체의 명운을 걸려는 거지?

이 같은 의문은 혁련성만 가진 게 아니었다.

유군 제일의 병법가로 정평이 나 있는 우승 역시 조금쯤 당황한 기색을 얼굴에 드러내고 있었다. 척호의 의중을 대번에 눈치채긴 했으나 이리 즉각적인 대응에 나서리라곤 생각지 못한 때문이었다.

그의 착각이었다.

척호는 애초부터 증원군의 동향을 전해 받고 이 같은 싸움을 머릿속에 그리고 있었다. 느닷없이 포위섬멸전을 떠올린 건 아니었다.

'지금부터 진짜 재밌는 싸움의 시작이다! 내가 질풍노도처럼 치고 들어갈 테니, 그동안 잘 버티고 있으라구, 친구!'

내심의 일갈과 함께 척호가 군회의 종결을 선포했다. 언제나와 마찬가지로 척가군을 중심으로 해서 포위섬멸전에 나서기로 결정 내렸음은 물론이다.

*　　　*　　　*

"크억!"

"크아아악!"

엽자건은 연신 귓전으로 날아드는 비명성을 아랑곳하지 않았다. 그럴 여가가 없었다.

그는 연신 수중의 패왕검을 휘둘렀다.

지난 두 차례의 전투와 마찬가지였다. 중군을 유백온에게 맡겨놓은 뒤 별동대에 포함된 그는 전장을 마음껏 휘젓고 있었다. 지금 가장 중요한 일이라 여긴 까닭이다.

그런 그의 곁에 두 명의 남녀가 바짝 붙어 있다. 별동대의 역할을 맡은 풍자조의 목진풍과 이가흔이었다.

최초의 두 차례 피투성이 싸움을 경험한 탓인지 두 사람의 움직임은 꽤나 활발했다. 엽자건이 적의 후방을 교란시키는 동안 적절히 보조를 맞추고 있었다. 덕분에 둘 다 엽자건에 버금갈 정도로 피투성이다.

'제법이군. 과연 철담협개 선배님이 후개 후보로 지목한 인재들다워!'

문득 목진풍과 이가흔에게 곁눈질을 한 후 엽자건이 발끝에 힘을 실었다.

그에게서 얼마 떨어지지 않은 장소.

피를 피로 씻으며 만들어놓은 혈로(血路)의 저편에 드디어 목표로 했던 자가 모습을 드러냈다.

변발의 무인.

다른 해월낭인대 무사들과는 확연히 다른 특징적인 모습을 한 그자는 필시 이번 전투의 일군(一軍)을 맡은 게 분명했다. 당연히 그의 목을 얼마만큼 빨리 베냐에 따라 이후의 전장이 변할 수 있는 상황이었다.

슉!

순간적으로 금강부동보를 부풍무영에서 부동무상으로 전환한 엽자건의 신형이 붉은색 선으로 화했다. 환각이다. 그 정도로 빠른 신법을 펼쳐 냈다는 뜻이었다.

더불어 사방으로 날아간 여덟 개의 비수!

변발무인의 주변 일 장 부근을 철통같이 지키고 있던 네 명의 방수의 미간에서 핏물이 튀어올랐다. 빛살보다 빠른 비수의 암격에 순식간에 절명해 버리고 말았다.

그럼 다른 네 개는?

당연히 변발무인을 노리며 날아들었다. 그의 미간과 흉부, 두 개의 다리를 한꺼번에 공격해 들어갔다.

차차차창!

변발무인의 도가 한차례 회전을 보였다. 비수를 튕겨냈다. 암격을 회피해 냈다.

흔들!

변발무인의 신형이 휘청거렸다. 비수에 담겨진 내경은 보통이 아니었다. 도로 막아낸 것만으로 끝날 리 만무하다.

스슥!

그때 이미 엽자건은 변발무인 앞에 떨어져 내리고 있었다. 언제나처럼 역수검의 형태인 패왕검에서 살기가 흘러넘친다. 이미 잔뜩 머금은 죽음을 다시 뿌리는 걸 주저할 이유가 없기 때문이다.

그런데 갑자기 엽자건이 신형을 풀쩍 뒤로 한걸음 떼어냈다.

아니다.

한 번이 아니라 그는 연달아 세 번이나 뒤로 물러섰다. 더불어 바닥으로 내쳐진 참마육합도의 도기!

패왕검이 훑고 지나간 땅거죽에서 일순 핏물이 솟구쳐 올랐다. 땅속에도 방수가 숨어 있었다. 놀랍게도 겉으로 드러난

자들보다 훨씬 수준이 높다.

'그렇다는 건 저 변발 머리 녀석, 생각보다 고위직이란 거로군!'

전장에서는 생각 즉시 행동에 옮겨야만 한다.

파팟!

엽자건의 패왕검이 다시 역사선을 그렸다. 참마육합도의 도기를 더욱 고조시켜 짧은 새 안정을 찾은 변발무인을 공격해 들어갔다.

그러자 순간적으로 튀어오른 두 개의 불꽃!

변발무인이 다시 신형을 휘청거리는 사이 엽자건의 탄지신통이 그의 마혈과 아혈을 동시에 점혈했다. 그를 죽이는 것보다 사로잡는 편을 택한 것이다.

그때 뒤늦게 목진풍과 이가흔이 다가들었다. 적진의 한복판인 탓에 무공이 빼어난 그들로서도 방어진을 뚫는 데 시간이 조금 걸렸다.

"형님, 새카맣게 몰려들고 있습니다! 어서 빨리 이곳을 피하도록 하시죠!"

"숫자가 거진 일천 명은 되는 것 같아! 풍자조 거지들이 타구진(打狗陣)을 펼쳐서 방어하는 데는 한계가 있을 거야!"

연이어 떠들어대는 두 남녀에게 엽자건이 이를 드러내며 웃어 보였다. 꽤나 고위직인 변발무인을 사로잡았다. 이번 돌파로 얻어야 할 수확은 충분했다.

"여태까지처럼 똑바로 돌파한다! 뒤로 처지는 놈들은 버려 버릴 테니까 죽어라 쫓아오도록!"

"예, 형님!"

"꼭 밉상맞게 말한다니까!"

벌써 신형을 날려가고 있는 엽자건을 따르며 목진풍과 이가흔이 얼른 풍자조에 수신호를 날렸다. 개방의 타구진을 방어형에서 돌파형으로 바꾸게 만든 것이다.

유백온은 눈살을 찌푸리고 있었다.

그의 앞에는 언제나처럼 선봉 돌격을 주장하고 있는 운자 조장 팽도진이 서 있었다. 온화한 성품의 유백온을 화나게 만들 정도로 오만무례한 표정에 목소리 역시 드높다.

"별동대가 떠난 지 벌써 한 시진이 다 되어가고 있소! 유 조장은 이런 곳에서 계속 저 개떼 같은 녀석들을 막고 있다가는 전멸뿐이란 걸 모른단 말이오!"

유백온이 단호하게 고개를 가로저었다.

"엽 무상의 뜻은 분명했소. 별동대에서 따로 신호가 오지 않는 한 천룡영웅대는 중군을 중심으로 절대 방어진을 구축한 채 움직여선 안 되는 것이오."

"하! 그 결과가 지난 두 차례의 전투였소? 줄곧 우리는 공격받고 또 공격을 받았소! 벌써 강 부장의 신창부대를 비롯해서 사상자가 백여 명을 넘어가고 있잖소! 그런데 다시 저 개

떼들을 앞에 두고 참고 있으라고? 나는 그렇게는 못하겠소! 죽더라도 싸우다가 죽겠다는 뜻이오!”

“항명하겠다는 뜻이오?”

“항명?”

팽도진이 반문과 함께 나직한 코웃음을 쳤다. 유백온을 완전히 무시하는 표정이다.

번뜩!

순간 유백온의 온화하던 표정이 바뀌었다. 눈빛이 원인이다. 항상 흔들림없는 호수와 같던 눈에 한광이 담기더니, 칼날과 같은 매서움을 담고 팽도진을 향했다.

‘크윽!

팽도진의 표정 역시 변했다. 평소 내심 깔보고 있던 유백온의 눈 속에서 뻗쳐 나온 무형지기에 일순 심신이 크게 위축되어 버린 것이다.

그때를 놓치지 않고 유백온이 말했다.

“이미 엽 무상께서 전투 시의 항명은 즉참하라 명하셨소! 팽 조장이 이에 불복한다면 지금 당장 도를 뽑도록 하시오!”

“감히!”

“무인이 입으로 싸우려는 것이오?”

“……”

팽도진은 다시 발작하려다 표정이 창백하게 변했다. 순간

적으로 유백온이 뿜어내고 있는 무형의 살기가 더욱 강해졌
다. 단숨에 그의 몸 전체를 압도해서 옴짝달싹 못하게 만들었
을 정도였다.

'대로검자 유백온! 과거 강북제일의 후기지수라더니, 과연
명불허전이로구나! 그동안 엽자건 그놈이나 남궁 소저만 살
피느라 무시하고 있었더니만⋯⋯.'

팽도진이 속한 하북팽가는 팔대세가 중에서도 군부와 가
장 가까운 가문이었다. 무공뿐 아니라 병법 역시 평소 매우
중시한 만큼 후계자 중 한 명인 팽도진 역시 겉으로 보이는
것처럼 거칠기만 한 자는 아니었다.

재빨리 내심 염두를 굴린 팽도진이 얼른 태도를 바꿨다. 강
경하던 표정을 누그러뜨리고 말을 바꾼 것이다.

"적진의 한복판이오. 어찌 아군끼리 분쟁을 일으킬 수 있
겠소?"

"하면 엽 무상의 명에 더 이상 불복하지 않겠다는 뜻이
오?"

"내가 언제 불복하겠다고 하였소? 단지 이대로 방어만 하
고 있다가는 문제가 생길 것 같아서 나선 것뿐이오."

유백온이 그제야 기운을 거둬들였다. 표정 역시 평소의 온
화함을 다시 띤다.

"알겠소. 그러면 얼른 선진으로 복귀하도록 하시오. 그리
고⋯⋯."

잠시 말끝을 흐렸던 유백온이 눈을 빛내며 조금 강한 어조로 첨언했다.

"선봉의 역할은 적의 예봉을 꺾는 것이오. 이는 방어진을 펼치고 있을 때 역시 마찬가지니, 팽 조장의 맡은바 임무는 결코 변한 것이 없소. 강 부장의 신창부대는 이미 절반이나 되는 병력을 잃었음에도 방어진의 첨봉에서 최선을 다하고 있으니, 본받는 것이 좋을 것이오."

팽도진이 울컥한 표정이 되었다.

"신창부대 따위와 내 운자조를 동급으로 보는 것이오? 내 운자조는……."

"조장이 없는 상태에서도 팽가의 무인들을 중심으로 열심히 적을 막아내고 있다는 건 잘 알고 있소. 하지만 적들이 차륜전법을 펼치기 시작한 이때에 조장이 없다면 전황이 바뀌었을 때 문제가 발생할 소지가 클 것이오."

'급하게 읽은 병법서 몇 개로 아는 척을 하기는!'

팽도진이 눈 깊숙한 곳에 살광을 일으키고는 휑하니 신형을 돌려세웠다. 언제든 유백온을 단단히 한번 손봐줘야겠다고 내심 마음먹은 채였다.

유백온이 다시 눈살을 찌푸렸다.

'팽도진은 성격이 화급할뿐더러 속이 음흉한 자다. 엽 무상은 어째서 저런 자에게 선봉이란 중요한 직책을 줬는지 모르겠구나.'

상선약수!

유백온이 무당파에서 무공을 익히는 동안 가장 깊이 체득한 인생의 이치 중 하나였다. 그래서 그는 팽도진의 불같고 교활한 심성이 무척 마음에 들지 않았다. 군자란 본시 소인과 함께하지 않는 법이었기 때문이다.

하지만 그는 천룡영웅대의 천룡위주가 아니었다. 단지 천룡위주인 엽자건의 부재 시 중군을 맡는 호자조장일 뿐이었다. 자신의 마음대로 인사권을 발휘할 순 없었다.

그때 우군을 맡은 채 고군분투하고 있던 신창부대 쪽에서 격렬한 함성이 터져 나왔다. 후방의 용자조와 선봉의 운자조 방면 역시 마찬가지였다. 사흘에 걸쳐서 파상적인 공세를 거듭하던 해월낭인대가 포위를 풀고 물러나기 시작한 때문이었다.

'이렇게 갑작스레 전황이 바뀌다니! 엽 무상이 성공한 것인가?'

무언지는 모른다. 확실치도 않다.

그러나 유백온은 엽자건이 풍자조와 함께 별동대가 되어 움직이기 시작한 까닭을 나름대로 짐작하고 있었다. 적의 후방을 타격하여 조금이라도 천룡영웅대의 방어진에 운신의 폭을 넓혀주려는 의도라 여긴 것이다.

당연히 느닷없이 바뀐 전황은 그의 머리를 기민하게 움직이게 만들었다. 중군을 맡은 자로서 올바른 판단을 내려야만

했다. 후퇴하는 적을 총공격해서 추격전을 벌일 것인지, 계속
방어진을 단단히 구축하고 있을지를 말이다.

'아군의 환호성이 무척 드높았다. 고전을 하고 있었음을
의미하는 것이니, 지금 추격전을 벌이는 건 합당치 않다.'

유백온이 평상시처럼 합리적인 결정을 내렸다. 엽자건이
그에게 중군을 맡긴 진짜 이유였다.

"휘이!"

엽자건은 후군 쪽으로 다가들다 남궁수를 발견하곤 나직
이 휘파람을 불었다.

평상시와 조금 다르달까?

남궁수의 백의 무복엔 점점이 핏방울이 뿌려져 마치 붉은
색 작약이 핀 듯했고, 밑으로 내려뜨린 청류하의 검신은 붉은
눈물을 흘리고 있었다.

그야말로 전장의 여신, 그 자체!

그녀의 주변에 적아를 막론한 시신이 산처럼 쌓여 있는 점
을 감안한다 해도 초월적인 미모를 자랑하고 있었다. 그녀의
존재 자체만으로 완전히 다른 장소가 된 것 같은 이질감이 느
껴질 정도인 것이다.

엽자건의 휘파람 소리를 들은 남궁수가 얼른 검병을 위로
해 포권해 보였다. 전장의 예이다.

"조금 늦으셨습니다."

“그래서 마중 나왔군?”

“…예.”

남궁수가 포권을 푼 채 목소리를 낮췄다. 조금 부끄러웠기 때문이다. 그러나 그녀의 시선이 곧 엽자건의 어깨에 포획된 변발무인을 향했다.

“그자는?”

“이번에 아주 큰 대어를 낚은 것 같아.”

“고위의 인물인 건가요?”

“그렇겠지. 사흘에 걸쳐 파상공세를 펼치던 놈들이 갑자기 당황해서 뒤로 포위를 물린 걸 보면.”

“그렇군요.”

남궁수가 평상시처럼 곧 납득했다. 전투에 돌입한 후 엽자건이 하는 일에 일절 의문을 품지 않는 그녀였다.

그때 조금 늦게 목진풍과 이가흔이 이끄는 풍자조 거지들이 우르르 몰려들었다. 여전히 타구진을 흐트러뜨리지 않은 게 개방의 정예다웠다.

‘망할 계집년!’

이가흔이 거친 숨을 헐떡이며 호흡을 고르다 남궁수를 힐끗 바라보곤 눈매를 치켜올렸다. 아수라장 같은 전장을 굴렀다. 그런데 어째서 이리 모양새가 다른가. 짜증이 확 치밀어 오르지 않을 수 없다.

목진풍이 그런 그녀를 안쓰러운 표정으로 살폈다. 자신과 함께 연일 피투성이 싸움을 벌이고 있는 이가흔의 지친 모습에 마음이 크게 아파왔다.

그때 엽자건이 명했다.

"남궁 조장과 목 조장은 날 따라오고, 이 부조장은 지금부터 용자조와 풍자조를 함께 맡아서 후방을 지키고 있도록!"

목진풍이 화급이 말했다.

"후방 지휘는 제가 맡도록 하겠습니다!"

"곧바로 군회다."

"아, 예……."

목진풍이 고개를 주억거렸고, 이가흔이 인상을 더욱 찡그려 보였다. 노골적으로 엽자건이 자신을 괴롭힌다는 생각이 든 까닭이다.

그러나 이미 엽자건은 남궁수와 어깨를 나란히 한 채 중군 쪽으로 걸음을 옮기고 있었다. 이가흔의 불만 따윈 아예 관심조차 없는 듯했다.

목진풍이 역시 그들의 뒤를 따르려다 이가흔을 향해 어색한 표정으로 말했다.

"사매, 그럼 수고하고……."

"빨랑 가버려!"

"…그, 그래."

목진풍이 화들짝 놀란 표정으로 얼른 걸음을 빨리했다. 이렇게 잔뜩 짜증이 났을 때의 이가흔은 무척이나 무섭다. 괜스레 곁에 더 있다간 호된 꼴을 당하게 될 터였다.

힐끔.

앞서 걷던 엽자건이 목진풍 쪽을 한차례 곁눈질한 후 내심 고개를 가로저었다. 툭하면 이가흔에게 쩔쩔매는 목진풍의 모습에서 전혀 과거의 기세를 느낄 수 없었기 때문이다.

'쯔쯧, 진풍도 참 가련한 사내로구만. 저래서야 나중에 둘이 잘되더라도 평생 꽉 잡혀서 살겠어…….'

지나친 오지랖이다.

그 역시 갑자기 떠나 버린 감요진 때문에 열병을 앓는 참이다. 남의 걱정을 할 때는 아닌 것이다.

*　　　*　　　*

와호산 서쪽의 삼 리 부근.

이름 그대로 호랑이가 누워 있는 형상인 와호산의 꼬리 부근에 해당하는 너른 산등성이로 상당한 병력이 집결해 있었다.

족히 오천이 넘는 숫자다.

느닷없이 난입해 들어온 천룡영웅대를 상대로 세 차례에 걸친 전투를 벌이는 동안 주변에서 모여든 천인대가 다섯 개에 이르게 된 것이었다.

당연하달까?

와호산 방면으로 모여든 해월낭인대 소속 다섯 개 천인대의 천인장들은 하나같이 곧 싸움이 끝날 것을 자신했다. 확신하고 있었다.

그럴 수밖에 없는 게 해월낭인대는 열 배가 넘는 명군을 상대로 학살에 가까운 대승을 거둔 전적이 있었다. 요 근래에 광동성을 쓸어버릴 때 그러했다.

그들의 뇌리에서 전날 곤왕 유대유가 이끄는 유군에게 쫓겨서 주산반도까지 도주했던 기억을 씻기엔 충분한 대승이었다. 학살과 약탈, 방화의 쾌감은 마약보다 더욱 강력하게 공포의 기억을 마비시켜 버린다.

하물며 이번에는 오히려 해월낭인대 쪽이 열 배의 대병이었다. 기껏해야 반나절이나 하루 정도면 천룡영웅대를 쓸어버리는 데 충분하리라 다섯 명의 천인장은 생각했다.

완전한 착각이었다.

첫 번째와 두 번째의 전투가 끝나고 사흘에 걸친 파상공세가 시작되도록 천룡영웅대는 쓸리지 않았다. 단단하게 방어진을 펼친 채 공격을 막아냈고, 오히려 강력한 반격을 가해서 해월낭인대를 각개격파하기까지 했다.

그리고 오늘 전투에서 말도 안 되는 일이 벌어졌다.

탁!

해월왕의 오른팔이라 불리는 모사 귀견(鬼見)이 책상을 손으로 내려친 후 분노 어린 시선을 번뜩였다. 오 척 단구에 원숭이를 닮은 외양이나 눈빛이 자못 날카롭다.

"어떻게 소주가 있는 곳까지 적도들이 침투해 들 수 있었단 말이오! 당장 소주를 되찾아오지 않는다면 이번 전투에 참가한 다섯 천인장은 물론이거니와 나 귀견 역시도 배를 가르고 할복을 해야 하지 않겠난 말이오!"

"하이!"

귀견의 맞은편에 있던 다섯 천인장들이 일제히 목청을 높이며 고개를 떨궜다. 그의 말은 진실, 그 자체였다. 주군인 해월왕의 적장자인 소주 야규 무네노리가 납치당했기 때문이다.

귀견의 질책이 이어졌다.

"게다가 어찌 소주께서 납치되자마자 병력을 뒤로 물린 것이오? 적도들에게 소주의 존귀한 신분을 완전히 노출해 버린 게 아니냔 말이오!"

"……."

다섯 천인장 중 누구도 입을 열지 못했다. 일시 영혼마저 차갑게 얼어붙어 침조차 삼킬 수 없어 보인다.

'버러지 같은 것들!'

나직이 혀를 찬 귀견이 손을 내저어 다섯 천인장을 막사에서 물러가게 했다.

천 명의 병력을 다스리는 위치.

번과 번 간의 싸움이 극심하던 전국시대의 부상국에서도 결코 낮다고 할 수 없었다. 최소한 천 석의 봉토를 하사받을 만한 고위의 무사가 아니고선 오를 수 없는 직위인 것이다.

하지만 해월왕의 휘하에 모여든 건 패배자들이었다. 뛰어난 무위를 지니긴 했으나 제대로 된 병법을 익히지 못했다. 머리보다는 무력과 완력, 충성심으로 현재의 위치에 오른 자들이 대부분이었다.

'곤왕에게 일패도지한 후 주군께서는 너무 조급해지셨다. 이런 쓰레기 같은 자들까지 긁어모아서 대군세를 만드는 것에만 신경을 쓰셔선 안 되는 일이었거늘…….'

주군인 해월왕의 야심은 여전히 부상국에 있었다.

중원을 약탈하고 해상에서 세력을 키워 언젠간 다시 권토중래하려 했다. 그러기 위한 약탈전이었다. 해적이란 오명을 무릅쓰는 이유이기도 했다.

귀견은 이에 동의할 수 없었다.

처음에는 전심전력으로 따랐으나 지금은 아니었다. 곤왕 유대유에게 생애 최초의 완패를 당한 후 해월왕이 달라진 모습이 가시처럼 가슴에 박힌 까닭이었다.

잠시 고심 어린 표정을 짓고 있던 귀견이 문득 차갑게 가라앉은 눈빛을 한 채 혼잣말하듯 중얼거렸다.

"부상제일의 인자 가문인 귀살인도를 영입하기 위해서 만금을 썼다. 어찌 된 일인지 물어봐도 되겠는가?"

"이미 본 가의 십팔인자 중 세 명이 떠났소이다. 소주께서는 곧 무사히 돌아오실 수 있을 것이외다."

"소주를 뫼실 때도 그 같은 말을 들었던 것 같은데?"

"그때 소주께서는 주군과 함께 계셨소이다. 전장에 있지 않으셨으니, 함께 논해선 안 될 일일 것이외다."

"그런가?"

귀견이 슬쩍 어깨를 추어 보이곤 다시 눈에 한광을 담았다.

"내일 정오까지 시간을 주겠다. 만약 그때까지 소주를 모셔오지 않는다면 주군께서 직접 대군을 이끌고 이곳으로 오실 것이니, 각오하는 편이 좋을 것이다."

"주군께서 오실 일은 없을 것이외다."

"그러는 편이 귀살인도나 해월낭인대 모두에게 좋은 일일 테지. 그렇지 않은가?"

"……"

귀견의 마지막 질문에 대한 대답은 돌아오지 않았다. 이미 그가 있던 막사 안에서 암중 목소리의 주인공은 완전히 흔적을 감춰 버린 것이다.

'흥! 어차피 내 재주로 귀살인도의 인술을 간파할 순 없을 터. 대답을 하지 않는 것만으로 충분할 테지.'

귀살인도.

귀견이 말한 것처럼 부상국에서 전국시대 동안 가장 융성한 인자 가문 중 정상에 군림해 왔다. 추적과 잠입, 암습, 요인 암살에 있어서 타의 추종을 불허하는 명성을 수백 년 동안 쌓아왔다.

하지만 전국시대가 종언을 고하고 막부 시대가 열리자 이 위대한 인자 가문도 점차 설 자리를 잃게 되었다. 부상국은 더 이상 싸움으로 날이 지고 새던 곳이 아니게 된 까닭이었다.

결국 귀살인도가 택한 선택은 해월왕과 비슷했다.

그들은 가문 전체가 바다를 건너 중원으로 넘어왔다. 아직 전란의 불씨가 넘실대는 중원에서 새로운 가문의 영광을 꽃피우려 한 것이었다.

그러니 해월왕과 귀살인도가 중원에서 계약을 맺게 된 건 지극히 자연스러운 수순이었다. 비슷한 시기에 비슷한 이유로 중원에 들어섰으니, 마음이 크게 통할 수밖에 없었다. 속내야 어떻든지 간에 말이다.

탁!

다시 책상을 손으로 내려친 귀견이 천천히 자리에서 일어섰다.

주군인 해월왕의 적장자가 걸린 문제다.

아무리 전설 급의 인자 가문인 귀살인도가 호언장담했다

하나 실패했을 경우를 대비해야만 했다. 만약 그들이 실패한다면 진짜로 배를 갈라야 하는 상황에 봉착할 수도 있기 때문이었다.

第五十一章
혈호접무(血胡蝶舞)

少林棍王

소림곤왕

군회가 끝나고 얼마 지나지 않았을 때였다.

천룡영웅대의 방어진을 묵묵히 살피고 있던 엽자건의 배후로 큼지막한 그림자 하나가 모습을 드러냈다. 지난 세 차례의 전투 시에 코빼기조차 보이지 않던 천살마도 이염의 다소 생뚱맞은 등장이었다.

슥!

귓전을 스쳐 가는 미세한 소성에 눈살을 살짝 찌푸린 엽자건이 퉁명스레 말했다.

"그 칼, 이런 곳에서 빼 들면 곤란할 겁니다."

"뭐가 곤란해?"

“당장 이 호법님을 향해 백 개는 넘는 창칼이 날아들 테니까요.”

“…….”

이염의 고리눈이 슬그머니 주변을 살펴봤다. 그러자 과연 엽자건과 그를 바라보는 시선이 적지 않았다. 대충 백여 개는 넘을 것 같다.

‘이 녀석, 도대체 애새끼들을 어떻게 굴리기에 수개월 만에 젖비린내 나는 녀석들을 이 정도까지 훈련시켰냐? 진짜로 나한테 목숨 걸고 덤벼들 것 같은 눈깔들이잖아!’

욕설이 절반쯤 포함된 내심이나 은은한 감탄이 곁들여진 건 부인할 수 없다. 그의 눈에는 애송이나 다름없는 천룡영웅대를 단시일 내에 당당한 전사들로 성장시킨 엽자건의 능력을 인정하지 않을 수 없었기 때문이다.

그렇다 해도 천살마도라는 흉명의 자존심이 있다.

장대한 어깨를 한차례 추어 보인 이염의 고리눈이 주변을 쓸고 지나갔다. 감히 자신에게 덤벼들 용기가 있겠냐는 물음을 던진 거다.

대답은 열기 어린 눈빛으로 돌아왔다.

그가 없는 새 벌써 세 차례나 지옥에서 기어나온 악귀나 다름없는 해월낭인대와 전투를 벌이고 살아남은 자들이다. 진짜 전장을 경험했다는 뜻이다. 그런 그들에게 어설픈 위협 따윈 더 이상 통하지 않는다.

'니미럴!'

결국 다시 속으로 욕설을 내뱉은 이염이 슬그머니 청룡도에서 손을 떼어냈다. 이런 상황에서 엽자건에게 시비를 걸 순 없다는 판단이었다.

싱긋.

입가에 웃음을 담아낸 엽자건이 한켠에 널브러져 있는 변발무인에게 눈짓을 해 보이며 말했다.

"마침 잘 오셨습니다. 고문의 달인이 꼭 좀 필요할 때였거든요."

"뭐……?"

들도 보도 못한 말에 반박하려던 이염이 문득 입을 다물었다. 엽자건의 눈짓을 보고 변발무인을 다시 보자 대충 짐작가는 바가 있었기 때문이다.

'어쩐지 갑자기 악귀 같은 해월낭인대 새끼들이 포위진을 뒤로 물르더라니… 그사이 고위직을 한 명 나포했구만.'

엽자건이 이염에게 특수 임무를 계속 맡기는 이유는 그의 강력한 무공 실력 때문만이 아니었다. 정사 중간의 인물답게 사고가 유연하고 실전 경험이 많을뿐더러, 생긴 것답지 않게 교활하기까지 한 성품임을 알고 있는 까닭이었다.

"…그럼 오랜만에 몸 좀 풀어볼까나? 어떤 자식의 십팔대 조상의 이력까지를 뽑아내면 되냐?"

'역시 마음에 들어.'

　내심 웃어 보인 엽자건이 다시 변발무인에게 시선을 던졌
다. 이번에는 은밀히가 아니라 대놓고 노골적으로 그리했다.
목소리 역시 조금 더 높아졌음은 물론이다.
　"저 머리를 훌러덩 깐 놈 말입니다. 상당한 고위층 같은데
뼈다귀가 튼실해선지 입을 열지 않더군요. 그래서 고문을 좀
해야 할 것 같습니다."
　"흐흐, 멍청한 놈! 나 천살마도가 오기 전에 입을 열었어야
지."
　"죽이지만 않으면 되니, 마음껏 즐기십시오."
　"그러지."
　이염이 흉악스레 이를 드러내 보이곤 변발무인 쪽으로 걸
어갔다. 어느새 양손을 푸는 모양새가 아주 즐거워 보인다.
진정으로 고문을 즐기는 자의 모습, 그 자체였다.
　'진짜 고문 좀 하나?'
　엽자건이 내심 고개를 갸웃해 보였다. 이염의 이력과 함께
문득 의심이 든 까닭이었다.

　한 식경 후.
　중군에서 유백온, 강상인 등과 얘기를 나누고 있던 엽자건
에게로 이염이 다가들었다.
　여전히 건들거리는 모양새.
　그 속에서 엽자건은 얼굴에 담겨 있는 떨떠름한 감정을 읽

어냈다.

'역시 고문 같은 건 그리 잘하지 못하는 사람이었군.'

그의 예상대로였다.

부근까지 다가오자마자 유백온과 강상인을 파리 쫓듯 좌우로 물린 이염이 그답지 않게 나지막한 목소리로 말했다.

"그 새끼, 꼴통이더라."

"한마디도 하지 않던가요?"

"그래."

"그래서 어찌하셨습니까?"

"죽도록 패줬지. 네가 말한 대로 죽지 않을 정도로만 만들어놨다. 하지만 그래 봤자……."

"우리말을 모르는 것 같더군요."

"…응, 그러니까 뭐얏!"

버럭 소리를 지른 이염을 향해 유백온의 부드러우나 강한 눈빛이 화살처럼 날아들었다. 평상시 그가 툭하면 엽자건에게 덤벼드는 걸 알고 있는 까닭이었다.

엽자건이 미소와 함께 어깨를 으쓱해 보였다.

"부상국에서 온 지 얼마 안 되는 자 같았습니다. 아니면 아예 한어 같은 건 배울 필요가 없다고 여겼는지도 모르고요."

"그런 녀석을 어째서 내게 고문하게끔 한 것이냐? 그전에 보인 태도는 또 뭐고?"

"진짜로 한어를 모르는지 확인해 볼 필요가 있었거든요."

"그건 또 뭔 소리냐?"

"그런 게 있습니다."

엽자건이 다시 이염에게 웃음을 던지곤 변발무인을 연금해 둔 곳으로 향했다. 이제 슬슬 진짜 작업을 할 때가 되었다는 판단이었다.

뒤에서 이염이 '뭐 저런 자식이 있냐' 란 표정을 짓고 있었다. 진짜로 그리 생각했기 때문이다.

퍼퍽!

엽자건은 변발무인 앞에 도착하자마자 발끝으로 그를 걸어찼다. 마혈을 해혈해 준 거다.

흠칫!

변발무인이 몸을 한차례 떨어 보이더니, 곧바로 신형을 일으켜 세웠다. 이염에게 진짜로 심각할 정도로 구타를 당하고도 눈빛이 강하고 움직임에 절도가 살아 있다. 분명 상당히 극기를 요하는 수련을 여태까지 해왔음이 분명하다.

방어 자세를 갖추는 것 역시 빠르다.

정석이다.

그때 엽자건이 무심한 목소리로 말했다. 여태까지와 달리 한어가 아니었다.

"아직까진 근골을 건들지 않았거든. 하지만 다시 손을 쓸 때는 근골부터 부술 거다."

“어, 어떻게……”

“부상국을 떠난 무인들이 중원에 들어온 게 하루 이틀이 아니잖아? 특히 전쟁터에 가면 자주 보게 되니 몇 마디 주워 듣게 되었을 뿐이다. 그래서 네가 실수로 중얼거린 말로 대충 해월낭인대의 고위직이란 걸 알게 되었고 말야.”

“…으으음.”

변발무인의 입에서 침음성이 흘러나왔다.

그는 엽자건에게 붙잡혀 온 후 몇 차례에 걸쳐서 구타를 동반한 고문과 취조를 당했다. 그사이 정신을 잃은 게 몇 차례나 되었다. 실수로 몇 가지 말을 흘렸을지도 모른다는 생각이 들지 않을 수 없다.

‘먹혔다!’

엽자건이 일부러 흘린 떡밥을 덥석 문 변발무인을 보고 눈매를 슬쩍 가늘게 만들었다. 이제부터 공을 들인 가치가 있는 자인지 확인해 볼 참이었다.

그런데 갑자기 엽자건의 눈 깊숙한 곳에서 이채가 스쳐 갔다. 눈앞의 변발무인의 눈 속에 담겨진 게 일반적인 적개심이 아닌 살기임을 간파한 까닭이었다.

‘날 죽여서 입을 다물게 만들어야겠다는 생각을 했다? 이런 상황 속에서……’

엽자건이 순간적으로 앞으로 신형을 날렸다. 발끝을 공중에 반 치가량 띄운 채 변발무인을 제압해 들어갔다. 염두를 굴린 것과 거의 동시의 일이었다.

스팟!

그의 손가락이 탄지신통의 변화를 일으켰다. 처음에 변발 무인을 제압할 때와 동일한 동작이었다. 지독한 구타와 고문 으로 심신이 허약해진 변발무인으로선 버젓이 눈을 뜨고서 당할 수밖에 없는 공격이다.

바로 그때 상황이 급변했다.

스으! 파라라라랏!

엽자건이 서 있던 자리를 뚫고 시커먼 검날이 튀어나왔고, 벽과 천막의 천장 쪽에서 수십 개가 넘는 수라표와 자욱한 독 사가 쏟아졌다.

목표는 자명하다.

변발무인을 구하고 엽자건을 즉사시킬 의도를 지닌 독랄 무비한 공격이었다. 특히 지금과 같은 좁은 공간 안에서는 절 대적인 위력을 발휘할 수 있을 터였다.

다만 엽자건은 이미 이 같은 암습을 미리 예측하고 있었다. 그의 이목을 속이고 이렇게 가까이까지 숨어든 점은 놀라우 나 암습 자체의 위력은 그리 대단하지 않았다. 여느 부상국 인자들과 마찬가지로 말이다.

스슥!

엽자건의 신형이 일순 두 개로 나뉘었다. 부동무상이다. 더불어 변발무인을 향하고 있던 탄지신통이 수라표를 향했다. 자신을 향해 직격해 들어온 몇 개를 튕겨내 버린 것이다.

타타탕!

일순 콩 볶는 소리가 터져 나왔다. 암습이 실패로 돌아갔음을 알리는 소리였다.

사삭! 사사삭!

그러자 다시 은신술을 펼쳐 시야에서 모습을 감춰 버린 인자들을 보고 엽자건이 씨익 웃어 보였다. 귀엽다는 표정이다. 안방에서 이런 식의 공격을 하게 하고 그냥 놓아 보내줄 만큼 좋은 성격은 아니다.

부아아아앙!

엽자건의 삼절마곤이 여느 때보다 큰 곤명을 일으켰다. 일타일게의 극에 이르러 일어난 곤압을 무자비하게 쏟아내 버렸다. 막사 전체를 통째로 날려 버릴 만큼.

쾅!

진짜로 막사가 날아가 버렸다.

그리고 처참한 모습을 드러낸 폐허 가운데 다시 정신을 잃어버린 변발무인을 어깨에 들쳐 멘 엽자건이 홀로 서 있었다.

그의 앞에는 형체를 알아볼 수 없을 정도로 뭉개진 시체가 나뒹굴고 있었다. 순간적으로 변발무인을 구하러 다가들던 인자가 곤압에 휘말려 피떡이 된 것이다.

'둘은 도망갔군. 내 오호파천곤을 피해서……'

엽자건이 눈살을 찌푸렸다.

그의 이목을 피해 지근거리까지 다가들 수 있을 정도의 특급 인자가 천룡영웅대의 군진 안에 침투해 들어왔다. 단숨에 죽여 버릴 작정으로 오호파천곤까지 펼쳤는데 도주를 허락했으니 찜찜한 마음이 남지 않을 수 없었다.

“그나저나… 이 자식, 예상보다 더 대단한 놈이잖아? 그 정도나 되는 인자들이 몇 명이나 목숨을 걸고 구하려 하는 걸 보면 말야…….”

엽자건이 슬쩍 이를 드러냈다. 어쩌면 조금 더 이곳에서 버틸 수 있을 것 같았기 때문이다.

*　　　*　.　*

척호는 유군을 열 개로 나눴다.

애초의 계획과 달리 본래 주둔지라 할 수 있는 회계산 부근에 세 패를 남겨두고 와호산으로 향했다. 혹시 회계산 일대를 포기했다가 소흥이 공격당하지 않게끔 본진을 비우고 주변에 치밀한 천라지망을 펼쳐 놓기 위해 세 개의 군 모두를 사용한 것이다.

본진 비우기!

쉽사리 행할 수 있는 일이 아니었다.

자칫 전군 전체를 전멸의 위기로 몰아넣을 수 있었다.

하지만 척호는 이를 그대로 강행했다.

다른 때의 열 배로 늘린 척후와 밀정들로부터 연이어 날아드는 정보들이 그를 확신하게끔 만들었다. 와호산으로 해월낭인대의 병력을 무려 오천이나 끌어들인 자는 분명히 포위 섬멸전을 준비하고 있었다. 수백 리나 떨어져 있는 척호와 유군을 믿고서 말이다.

'게다가 그자는 오천이나 되는 해월낭인대와 맞붙어 아직도 버티고 있다. 도대체 어떻게 그런 말도 안 되는 짓을 할 수 있는 것이지?'

척호가 가장 궁금한 점이었다.

그가 유군과 함께 줄곧 싸워온 해월낭인대는 정말 무서웠다. 접쇄식 도검과 함께 죽음을 두려워하지 않고 달려드는데, 웬만한 관군으론 절대 막아낼 수 없었다. 병기와 각오, 실전 경험 모두에서 해월낭인대를 감당할 수 없었기 때문이다.

이는 유군 역시 마찬가지였다.

곤왕 유대유가 휘하의 고수들을 끌어들여서 정예화시켰으나 상당수가 농민 출신이었다. 정예병이 되기까지 무수히 많은 자들이 죽어나가야만 했다. 전장에서는 어쩔 수 없는 일이었다.

그런 점에서 척호는 생각을 달리했다.

그는 연이은 격전을 거치는 동안 살아남은 독종들을 세세히 살피다 자신의 척가군에 편성시켰다. 그리고 훈련시켰다. 정예 중의 정예병을 만들어내서 친위군으로 삼은 것이다.

그게 그가 사부 유대유가 부재하는 동안 유군을 해월낭인 대의 파상공격으로부터 지켜낼 수 있었던 가장 큰 이유였 다.

그리고 지금 그는 그 척가군과 함께 직접 일군의 장수가 되 어 이동하고 있었다. 가장 먼저 와호산으로 달려가서 하늘에 서 떨어지는 뇌신의 망치가 될 작정이었다. 해월낭인대를 무 려 오천이나 붙잡아놓고 있는 증원군의 대장에게 지금 해줄 수 있는 일이라곤 그거밖엔 없다고 생각했다.

지금 역시 마찬가지다.

낮 동안 풀숲에 숨어서 휴식을 취하고 있던 척호가 땅거미 가 지기 시작하자 손을 들어 올렸다. 새벽이 올 때까지 급속 이동을 할 때가 된 것이다.

이는 와호산으로 향하는 나머지 여섯 개 군 역시 마찬가지 였다. 이동 속도에는 차이가 있겠지만.

"이동!"

척호의 수신호에 따라 척가군의 선임 부장 혁련성이 부대 이동을 명했다. 그 역시 빨리 와호산에 도착하고 싶었다. 싸 우는 건 자신있으나 밤낮이 바뀐 채로 도둑고양이처럼 이동 하는 건 체질에 맞지 않아서였다.

*　　　*　　　*

꿈틀.

해월왕 야규 세이쥬로의 눈살이 갑자기 찌푸려졌다. 그의 눈앞에 펼쳐져 있는 한 통의 보고서 속에 담겨져 있는 내용이 이유였다.

'회계산 일대로 잠입해 들어갔던 척후조들이 모두 전멸했다고? 어째서 경계를 강화한 것이란 말인가?'

회계산 부근의 유군.

근래 바짝 조이기 시작한 그들의 운명은 이미 정해져 있는 것이나 다름없었다. 곤왕 유대유도 없이 여태까지 제법 잘 버텼으나 그것도 이젠 끝이었다. 그동안 공을 들였던 천라지망의 포위진이 근래 거의 완성 단계에 들어갔기 때문이다.

게다가 그들의 운명이 암울해진 원인은 한 가지 더 있었다.

보급선의 완전한 차단!

밥을 못 먹게 만든 지 제법 많은 시간이 지나가고 있었다. 그동안 군량미를 제법 쌓아놨다 한들 곧 바닥을 드러낼 게 분명했다. 싸울 수가 없게 되어버리는 것이다.

그런데 그런 상황에서 회계산 일대에 천라지망을 펼친다는 건 이해할 수 없는 일이었다. 차라리 군사력을 집중해서 회계산을 포기한다면 몰라도 말이다.

물론 유군의 지휘를 맡고 있는 젊은 장수가 바보가 아닌 한 그런 미련할 결정을 내릴 리 없다. 회계산을 포기한다는 건 소흥을 버린다는 걸 의미하고, 절강성 전체를 해월낭인대에게 양도하는 것이나 다름없었기 때문이다.

'그렇다면 뭘 염두에 둔 짓이란 말인가……'

내심 고심을 거듭하던 해월왕의 눈에서 일순 차가운 기운이 폭사되어 나왔다. 살피고 있던 보고서와 비슷한 시기에 도착한 와호산 부근 소요에 대한 사항이 눈에 들어온 것과 같은 시기였다.

"오천?"

와호산 부근 소요로 인해 소집된 병력의 숫자였다.

오백 정도의 증원군이 군량미와 함께 이동 중이라던 얘기를 전해들은 바 있던 해월왕으로선 어이가 없어지는 순간이었다. 도대체 어쩌다가 이런 숫자가 필요하게 되었는지 짐작조차 할 수 없었다. 그것도 이런 단기간 내에 말이다.

촤라라라락!

해월왕의 손이 빠르게 움직이기 시작했다. 와호산 방면에 포진해 있던 해월낭인대에 관한 정보들을 찾기 위한 움직임이었다.

왜인지는 모른다.

다만 백전노장이라 할 수 있는 그의 뇌리 속에서 자꾸 위험신호가 반짝이고 있었다. 이건 이상하다고. 반드시 무언가 놓친 것이 있을 것이라고.

그렇게 침묵 속에 작업이 진행되었다. 와호산에 관한 모든 정보가 해월왕의 뇌리 속으로 하나하나 입력되어 갔다. 털끝

만큼의 허점이나 방심도 놓치지 않기 위함이었다.

탁!

문득 해월왕이 손바닥으로 탁자를 내려쳤다.

불길하던 느낌. 찜찜함. 이제야 서서히 윤곽을 드러내고 있었다. 확실치는 않으나 그의 감각이 '바로 이거'라고 소리치고 있었다.

'포위섬멸전! 이건 포위섬멸전이다! 하지만 어떻게 이런 일이 있을 수 있는 거지?'

현재로선 짐작조차 못하겠다. 공격하는 쪽과 방어하며 버티는 쪽 간의 연결 고리가 전혀 보이지 않았기 때문이다.

하지만 지금 중요한 건 그런 게 아니었다.

포위섬멸전이다.

유군을 포위한 채 압박하고 있던 해월낭인대가 오히려 강력한 역공을 당하게 되었다. 정확한 정보를 얻기 위해서 시간만 끌고 있을 순 없었다.

그때다.

막사 밖에서 빠른 걸음 소리와 함께 급박한 보고가 흘러들었다.

"주군, 와호산 방면의 천라지망이 뚫린 것 같습니다! 몇 개의 척후조들로부터 소식이 완전히 두절되었습니다!"

"시간은?"

"하루에서 반나절 정도입니다!"

"군회를 소집케 하라!"

"하이!"

짤막한 복명과 함께 예의 빠른 걸음 소리가 멀어져 갔다. 해월낭인대의 각 부 천인장들과 유성검문의 십대도객들이 모조리 집결한 군회의 시작을 알리기 위함이었다.

*　　*　　*

탁!

귀견이 책상을 내려치는 소리가 종전보다 두 배쯤 커졌다. 표정 역시 매우 좋지 않다.

해월낭인대의 백 년 묵은 너구리라 불리는 그가 지금 진심으로 화가 나 있는 것이다. 초조함과 함께 말이다.

"실패라니? 어떻게 실패할 수 있단 말인가! 귀살인도의 십팔인자 중 셋이 떠났다고 했었잖는가!"

종적을 가늠키 힘든 목소리가 흘러나왔다.

"초절정 급의 고수가 존재했었던 것 같소."

"초절정 급의 고수?"

"그렇소. 그 정도 되는 자가 아니라면 본 가의 십팔인자의 은신술을 간파해 낼 순 없소이다. 하지만 아직 완전히 실패한 건 아니오."

귀견의 눈에 이채가 어렸다.

"다른 수를 생각해 놓은 게 있는가 보군?"

"환월(幻月)이 이미 길을 떠났소이다."

"환월이라면……."

"차대 귀살인도를 물려받을 아이요. 만약 그 아이가 실패를 한다면 본 가 전체가 나선다 해도 성공할 수는 없을 것이오."

"그럼 그 환월이란 자는 초절정 급 고수를 상대할 수 있단 말인가?"

"물론이오."

"대단한 자신감이로군. 반드시 지켜져야만 할 자신감이고 말야."

"염려할 필요는 없소이다. 환월은 반드시 성공할 테니까."

"흥!"

귀견이 나직이 코웃음 치면서도 더 이상 말하진 않았다. 상대는 귀살인도의 당대 당주였다. 그가 이 정도까지 얘기했다면 더 이상 내놓을 수는 없다고 보는 게 옳았다.

그래도 왠지 불안하다.

슬슬!

귀견이 자신의 목 어림을 손으로 쓰다듬었다. 왠지 썰렁한 느낌이 들었기 때문이다.

슥!

귀견이 있던 임시 막사로부터 십여 장 정도 떨어진 산등성이에 갑자기 그림자 하나가 모습을 드러냈다.

검은색 일색의 복장.

유일하게 겉으로 드러난 눈빛에 세월의 무게가 느껴지는 게 인상적이다. 십여 년 전 당대 귀살인도의 주인인 환야(幻爺)가 부상국을 떠나올 때 이미 오십을 넘긴 나이였으니 무리도 아니라 할 수 있겠다.

'환월은 이미 내 진전을 모조리 이어받았다. 나와 비교한다 해도 결코 본 가의 살법과 환마술이 떨어지지 않는 수준이야. 하지만 세상에는 항상 만일의 상황이란 게 존재하는 법일지니…….'

푸드덕!

문득 환야의 손짓을 따라 한 마리 해동청이 창공에서 날갯짓을 하며 떨어져 내렸다. 수년 전부터 귀살인도에서 집중적으로 훈련을 시킨 놈답다.

해동청의 다리에는 작은 통이 달려 있었다.

전서를 담는 공간이다.

틱!

손가락을 한차례 튕기곤 능숙하게 해동청의 다리를 붙잡은 환야가 통 속에 미리 준비해 났던 밀지를 집어넣었다. 오랫동안 귀살인도를 떠나 있던 실질적인 최고수 마령귀사를 호출하기 위함이었다.

‘그 녀석까지 필요하지 않고 끝났으면 좋겠지만, 중원의 초절정고수를 상대하는 데 있어 방심은 금물일 터. 묵검과 그 녀석의 힘이 필요할지도 모른다.’

푸드덕!

환야에게서 벗어난 해동청이 다시 창공을 향해 날아올랐다. 진짜 주인인 마령귀사를 찾아 날아가기 시작한 것이다.

*　　　*　　　*

풀썩!

시체가 가볍게 들쳐지더니, 한 명의 복면인이 모습을 드러냈다. 거의 반나절이 넘는 동안 썩어가는 시체 속에 자신을 숨기고 있던 귀살인도 십팔인자의 수장, 환월이었다.

‘월영(月影)과 귀풍(鬼風)은 아직 살아 있다. 죽은 건 밀지(密地)뿐이야. 하지만 정말 대단한 상대를 만난 게 분명하다. 월영과 귀풍이 아예 움직임조차 보이지 못하고 몸을 은신하고 있는 걸 보면.’

월영, 귀풍, 밀지…….

환월과 함께 당대 귀살인도를 대표하는 십팔인자에 속한 강자들이었다.

그들은 은신과 잠입, 추적, 암살 등에 통달했을 뿐만 아니라 무력 역시 웬만한 중원의 절정고수쯤은 간단히 뛰어넘는 수준이었다. 세 명이나 동시에 움직였음에도 임무에 실패했다는 건 정말 믿기 힘든 일이었다.

그러나 환월이 귀살인도 특유의 방법으로 남겨진 표식으로 알아낸 결과는 명확했다. 논란의 여지가 없었다.

현재 귀살인도를 대표하는 세 명의 특급 인자 중 한 명인 밀지는 즉사했고, 월영과 귀풍은 숨죽인 채 몸을 숨기고 있었다. 은신술을 펼친 채 적의 진영에서 옴짝달싹도 못하고 있었다. 그만큼 막강한 방해자를 만났다고밖엔 볼 수 없겠다.

'…어찌 됐든 시간이 그리 많지 않다. 소주를 무사히 구출해 내기 위해선 월영과 귀풍에겐 미안하지만 그들을 희생시킬 수밖에 없어.'

사석(死石)!

순간적으로 환월은 생각을 정리했다. 동료이자 죽마고우(竹馬故友)인 월영과 귀풍을 포기하기로 마음먹은 것이다. 현 상황에서 그들을 이용하지 않고서는 적의 진영 속으로 숨어들기가 결코 용이하지 않았기 때문이다.

슥!

결정을 내린 것과 동시다.

환월의 신형이 거짓말처럼 모습을 감춰 버렸다. 다시 시체 더미 속으로 파고든 게 아니라 귀살인도가 자랑하는 환마술을 펼쳐서 천룡영웅대의 진영 속으로의 잠입을 시도한 거다.

슬슬 황혼조차 끄트머리에 내걸린 시각.

환월의 움직임은 바로 코앞에서 지켜본다 해도 기척조차 감지하지 못할 정도로 은밀하고 신속했다.

*   *   *

삐익! 삑!

날카로운 소성이 터져 나온 건 남궁수의 용자조가 맡고 있던 후방 방면이었다.

'후방?'

엽자건은 드러누운 채 눈을 떴다. 오랜만의 휴식이었다. 대충 예상은 하고 있었으나 중간에 잠이 깨고 보니 기분이 썩 좋지 않았다.

그렇다 해도 방향이 조금 예상 밖이다. 설마 가장 단단하게 방어진을 펼쳐 놓은 후방 쪽을 노리고 달려들 줄은 몰랐기 때문이다.

"이상하군."

엽자건은 나직한 뇌까림과 함께 등에 힘을 주고서 간이 침상에서 신형을 일으켜 세웠다.

예측이나 예상이 어긋났을 경우 가장 먼저 챙길 것.

다름 아닌 가장 중요한 거다. 특히 이번 경우엔 굳이 길게 생각할 필요도 없었다.

슥!

곧바로 막사를 빠져나온 엽자건의 앞에 유백온과 목진풍, 이가흔 등이 이미 도착해 있었다. 남궁수가 빠진 건 역시 후방에서 일어난 소란이 그리 쉽게 해결될 성질이 아니란 걸 짐작케 한다.

유백온이 얼른 보고했다.

"용자조가 맡고 있던 후방에서 인자로 보이는 적이 포착되었습니다."

"낮에 도주한 자들인가?"

"그런 것 같습니다. 선봉과 중군을 통과해서 후방으로 향할 이유가 없으니까요."

엽자건이 미미하게 고개를 끄덕여 보였다.

"타당한 얘기야. 하지만 어떻게 후방에서 갑자기 소요를 일으키기 시작한 거지?"

목진풍이 끼어들었다.

"형님, 그야 임무에 실패했으니 은신하고 있다가 도주하려다가 용자조의 삼엄한 경계에 걸려든 게 아니겠수?"

엽자건의 시선이 목진풍을 향했다. 한쪽 입꼬리가 슬쩍 치켜 올라가 있다.

"언제부터 그리 무난한 대답을 내놓게 된 게지? 누구한테 조언을 받은 거야?"

"그, 그것이……."

목진풍이 낯을 붉힌 채 옆에 묵묵히 서 있는 이가흔 쪽을 슬쩍 바라봤다. 아마도 그녀가 옆구리를 찌르고 얘기해 준 것 같다.

'그럼 그렇지…….'

엽자건이 내심 픽 하고 웃고는 고개를 가로저었다.

"내가 용자조를 무시하는 건 아니지만, 그런 일은 있을 수 없다."

"그럼……."

"이건 함정이야."

"함정이요?"

"그래."

엽자건의 단호한 대답이 떨어졌을 때였다. 갑자기 잇단 비명성이 용자조 쪽에서 터져 나왔다.

얼마 전 엽자건의 잠을 깨운 것과는 완전히 양상이 다르다. 간헐적인 게 아니라 아주 대놓고 노골적인 살육전이 벌어진 것이나 다름없다.

"아악!"

"으아악!"

"크아아아악!"

연이어 터져 나온 비명성은 모두 용자조의 것이었다. 촌각 만에 십수 명이 넘는 인원이 목숨을 잃거나 부상을 당했음이 분명하다.

엽자건이 얼른 명했다.

“유 조장, 목 조장은 당장 가보도록! 남궁 조장은 후방의 진세를 유지하기 위해서 움직일 수 없는 상황이다!”

“예!”

“네엡!”

유백온과 목진풍이 즉각 복명과 함께 후방으로 신형을 날려갔다. 엽자건의 명이 없었더라도 아군의 연이은 비명성에 마음이 크게 급해져 있는 상황이었다. 절대 이대로 두고 볼 수는 없는 것이었다.

이가흔이 묘하게 눈을 빛냈다. 항상 천룡영웅대를 지휘하면서도 자신이 가장 능동적으로 움직이던 그가 다른 사람들만 보낸 게 의아했던 거다.

‘어째서 그 여우 같은 남궁 계집년한테 달려가지 않는 거지? 다른 사람들은 보내고 나는 그냥 남겨놓은 것도 이상하고. 서, 설마 드디어 내게 관심을 보이려는 건가…….’

아니다.

그렇지 않았다.

곧 엽자건이 이가흔에게 후속 명령을 내렸다.

“이 부조장은 잠시 중군을 맡도록 해. 혹시 소란이 더욱 커지더라도 절대 선봉과 중군, 별동대로 하여금 현 위치를 유지케 만들고, 양 소저를 지키고 있어야만 해.”

“왜 내게 중군을 맡기는 거야?”

“이 부조장이 지금 가장 적임자니까.”

“그럼 너는… 앗! 달리 할 일이 있는 거야? 그렇다면 나도 따라갈 테니까…….”

“이 부조장은 중군을 맡는다!”

엄격한 표정으로 목청을 높인 엽자건이 조금 풀린 표정으로 뒷말을 이었다.

“…그게 내가 내린 명령이야. 아주 중요한 임무라 이 부조장에게 맡기는 거야. 그러니 반드시 그대로 따라줘야만 해. 알겠지?”

“알겠어.”

어쩔 수 없다는 표정으로 이가흔이 고개를 끄덕였다. 여전히 얼굴에는 납득치 못하는 표정이 여실했으나 소주에서 엽자건과 재회한 후 많은 일을 경험했다. 이미 소림사 때처럼 두 사람 간의 관계나 사정이 크게 달라져 있었다.

싱긋.

엽자건이 근래 거의 보이지 않던 미소를 입가에 매달았다. 이가흔의 조금쯤 바뀐 모습에 대한 보상이었다.

스스슥!

중군을 살짝 빠져나온 엽자건의 어깨에는 변발무사가 짐처럼 매달려 있었다. 전쟁의 성패를 좌우할 정도로 중요한 포로임을 감안하면 조금 어이없다 싶을 정도의 대우였다.

물론 변발무사는 현재 마혈이 점혈되어져 있었다.

얌전한 새색시처럼 아무런 움직임도 보이지 않았다. 어찌 보면 숨조차 끊겨 버린 것 같았다. 주변이 크게 어두우니, 더욱 식별이 불가능해 보인다.

슥!

문득 엽자건이 고속으로 움직이던 걸음을 멈췄다. 중군뿐 아니라 천룡영웅대가 치고 있던 방진에서 상당히 멀리 떨어져 있는 장소에 도착했을 때였다.

풀썩!

엽자건이 변발무사를 짐짝처럼 바닥에 내동댕이쳤다. 여전히 가벼운 움찔거림조차 보이지 않으나 코끝에서 미미한 숨결이 흘러나오곤 있다.

아주 가까이 접근하고서야 알아볼 수 있는 광경이다.

그것도 절정 급의 고수에 한해서.

우둑! 우드득!

엽자건이 몸과 어깨 근육을 이리저리 휘저어 보이며 풀었다. 그의 몸을 이루고 있는 용골이 아주 시원스런 약동을 보인다. 겉에 걸치고 있는 무복 밖으로 그 생생한 움직임이 드러나 보일 지경이었다.

그러다 엽자건의 입에서 무심한 한마디가 흘러나왔다.

"이젠 슬슬 나올 때도 된 것 같은데 말야? 내가 지금 완전히 혼자 몸이란 말씀이거든."

혼잣말에 대한 대답은 돌아오지 않았다.

엽자건의 주변에는 여전히 다소 요란한 야풍만이 불어오고 있었다. 아무리 극한까지 기감을 끌어올려도 조그마한 움직임이나 살기도 느낄 수 없었다.

'내가 지나치게 생각을 깊이 한 걸까? 아니면 지금의 나조차 간파할 수 없는 특급의 인물을 만난 걸지도 모르겠군. 둘 다 내게 그다지 좋은 상황은 아니지 싶은데 말야……'

엽자건은 고개를 갸웃거렸다. 눈에는 오랜만에 긴장의 기색이 점점이 묻어 나온다.

전장의 논리가 살짝 비틀려 버린 상황.

그가 떠올린 두 가지 가능성, 모두 그다지 탐탁지 않다. 모험을 걸었는데 오히려 함정에 빠지게 된 꼴일 수도 있기 때문이었다.

엽자건은 이런 때 생각을 깊게 하는 편이 아니었다. 오히려 충실할 정도로 본능에 따랐다. 항상 역근, 세수경으로 억누르던 천살지기를 개방시키면서 말이다.

부아앙!

문득 그의 손에 삼절마곤이 쥐어졌고, 맹렬한 곤압을 만들어냈다. 머리로 내린 판단이 아니었다. 수없이 많은 사지를 넘나들며 더할 나위 없이 날카롭게 벼려낸 본능, 즉 천살지기가 완전히 개방되며 일어난 변화였다.

'걸렸다!'

엽자건이 느닷없이 일으킨 삼절마곤의 곤압이 미묘한 대

기의 파동을 감지해 냈다.

우격다짐의 승리!

어쩌면 소가 뒤로 걷다가 쥐를 밟은 격일 수도 있는 행운에 엽자건은 곧바로 반응을 보였다. 앞서 떠올렸던 두 가지 가능성 중 후자의 경우란 게 밝혀졌기 때문이다.

부앙! 부아아아앙!

재차 일어난 막대한 곤압이 삽시간에 폭풍처럼 변발무인 쪽을 휘감았다. 특급 인자의 목표는 뻔했다. 동료까지 이용해 가며 구출하려 한 변발무인을 결코 포기할 수 없으리란 것과 함께 말이다.

티앙!

순간 변발무인을 휘감아가던 삼절마곤을 향해 십수 개나 되는 수라표가 날아들었다. 박혀들었다. 굉장한 박력을 실어서 삼절마곤의 변화를 흔들리게 만들었다.

이유는 역시 뻔하다.

'실력은 특급. 하지만 경험이 아주 많지는 않나 보군. 이런 단순한 수법에 걸려들다니 말야.'

엽자건이 슬쩍 이를 드러냈다.

그의 삼절마곤이 또다시 변화를 일으켰다. 이번에는 단순한 곤압이 아니다. 오호파천곤의 기세가 담뿍 담겨진 채였다.

─천사일로 무정세!

엽자건의 삼절마곤이 번개가 무색할 빠르기로 대기를 찔
러갔다. 장병의 강점을 있는 그대로 펼쳐 낸 것이다.

부앙!

수만 마리 벌떼가 우는 소리가 일었다. 대기가 폭풍을 만난
듯 뒤흔들렸다. 엽자건과 삼절마곤의 혼연일체 된 힘이 그런
말도 안 되는 광경을 만들어냈다.

그와 동시였다.

천공에 떠올라 있던 둥그런 달빛 속에서 문득 붉은 호접이
모습을 드러냈다. 드디어 줄곧 은신한 채 엽자건을 따르고 있
던 환월이 자신의 정체를 드러낸 것이다.

혈호접무(血胡蝶舞)!

귀살인도에서도 익힌 자가 세 명을 넘지 못한다 알려진 환
마류 최강의 살법이었다. 그 절대의 암살공이 엽자건을 노렸
다. 오호파천곤과 하나가 된 그를.

第五十二章

고장난명(孤掌難鳴)

少林棍王

소림곤왕

뜨끔!

삼절마곤과 혼연일체 되어 있던 엽자건의 눈살이 슬쩍 찌푸려졌다.

미간 사이의 통증.

이는 오호파천곤과 하나가 되었을 경우 거의 금강불괴지체나 다름없는 상황이 되는 그로선 경험해 본 바 없는 일이었다. 상단전을 통해 심령까지 즉각적으로 파고든 충격이었기 때문이다.

'내 공격까지를 미리 짐작하고 있었다?

생각보다 더 빨리 몸이 반응을 보였다. 움직였다. 전장을 통해 단련한 위기관리 능력의 발현이었다.

지이익!

삼절마곤으로 인해 형성된 작은 폭풍 속에서 엽자건의 몸이 작은 변화를 만들어냈다. 도약과 함께 앞으로 곧게 뻗어나가던 신형을 비틀며 천근추를 펼쳤다. 그렇게 함으로써 신형을 밑으로 급격히 떨어뜨린 것이다.

무리가 따르지 않을 수 없다.

앞으로 향하던 신형이 밑으로 방향을 바꾼 순간 엽자건의 발끝이 바닥을 거칠게 긁었다. 일시지간 대지에 밭을 매는 듯한 고랑이 형성되었음은 두말하면 잔소리다.

그런데 그것만으로도 만족할 수 없었던 것일까?

스륵!

엽자건은 연속적으로 철판교를 펼쳐 냈다. 앞으로 격하게 쏠려 있던 상반신을 단숨에 뒤로 밀어 넘겨 버렸다. 여전히 양미간 사이의 인당 부근이 따끔거려 왔기 때문이다.

쉬잇! 쉬쉬쉬쉬쉭!

그러자 뒤늦게 귓전으로 작은 소음이 파고들어 왔다. 이미 바닥에 발을 깊숙이 파묻은 채 철판교를 펼친 상태인 엽자건의 몸 주변을 스쳐 가는 소리들이었다.

개중 몇 개는 몸을 스쳐 갔으나 엽자건은 전혀 개의치 않았다.

이미 강기를 몸에 잔뜩 두른 상태였다. 즉사할 수 있는 사혈을 피한 이상 특별히 염려할 필요는 없었다. 피부에 생채기조차 내지 못하게 할 자신이 있었다.

빙글!

순간 엽자건의 삼절마곤이 변화를 보였다. 천사일로 무정세의 기세 역시 바뀌었다. 가까스로 피해낸 환월의 혈호접무가 새로운 변화를 보이기 전에 반격에 나서려 한 게다.

부아앙!

천사일로 무정세 때보다 소리가 작아졌다. 동작 역시 마찬가지다.

하지만 속도는 두 배다.

작은 동작에 전력을 담았기 때문이다.

촤아악!

일순 여전히 철판교를 펼치고 있던 엽자건의 눈앞에서 붉은 나비떼가 무리 지어 날아다니는 환상이 보였다. 쾌속하게 움직인 삼절마곤의 곤 끝에 걸린 옷자락이 만들어낸 신기한 광경, 바로 혈호접무의 극치였다.

'환상? 인자 따위가 제법이군!'

엽자건의 눈에 이채가 어렸다. 예상했던 것보다 환월의 인술 수준이 상당히 높다는 생각이 든다.

부아앙!

그 순간 엽자건의 삼절마곤이 다시 대기를 가로질렀다. 이번엔 속도에 더해진 곤압이 대기를 진동시킨다. 잔뜩 압축시

컸다가 탄력을 이끌어내며 폭발력을 배가하는 것이다.

격력환파(擊力幻破)!

힘으로 환월이 만들어낸 혈호접무를 깨부순다. 특별한 비기가 아니다. 그냥 전장을 통해 얻은 감으로 그리했다. 그 외엔 별다른 생각이 떠오르지 않았기 때문이기도 하다.

효과가 있었다.

쾅!

일순 엽자건의 삼절마곤이 만들어낸 진공 상태로 인해 움직임이 둔화된 혈호접무의 변화가 거센 폭발에 휘말렸다. 엽자건에게 다가들지도 못한 채 반탄지력에 휘말려 튕겨 나가 버렸다. 마치 애초부터 그리 정해졌던 것처럼 말이다.

데구루루!

환월은 바닥에 떨어지는 순간 낙법을 펼쳤다. 몸을 고양이처럼 둥글게 말아 떨어진 채 몇 차례 굴러서 충격을 최소화시켰다. 환마류 인법의 기본을 충실히 지킨 셈이다.

그러나 그다음이 문제였다.

바닥을 구르다 재차 신형을 일으켜 세우려던 환월의 작은 몸이 갑자기 흔적도 없이 사라졌다. 다시 환마류의 인법을 펼친 것일까?

그렇진 않았다. 아니, 그럴 수가 없었다. 엽자건의 삼절마곤이 만들어낸 곤압에 거진 반신이 마비되어 있는 상태였기 때문이다.

싱긋.

엽자건의 입가에 언뜻 미소가 흘러나왔다. 계획대로였다. 미리 준비해 놨던 덫이 확실하게 효과를 발휘했다.

푸푹!

그 순간 바닥을 뚫고 몇 개나 되는 수라표가 날아들었다. 모두 엽자건의 발바닥을 노리고 있었다. 잠시간의 마음의 틈을 노리는 공격이었다.

흔들.

엽자건에겐 금강부동보가 있었다.

그의 신형이 일순 두 개로 나뉘었다. 금강부동브의 부동무상이었다.

더불어 번개같이 바닥을 향한 삼절마곤!

강기에 버금가는 곤압이 다시 대지를 찍어누른 순간 격렬한 진동음이 수차례에 걸쳐 터져 나왔다. 미리 준비해 놨던 땅속의 기관장치들이 움직이기 시작한 결과였다.

슥!

엽자건이 이번엔 조금 더 멀찍이 떨어진 장소에 발을 내디뎠다. 예상보다 질기고 독한 환월에 대한 대비였다.

'진짜 독하군. 방금 전의 공격을 마지막으로 심각한 중상을 당한 게 분명한데, 비명은커녕 호흡조차 여전히 조절하고 있는 걸 보면… 응? 그런 게 아니라 그냥 죽어가고 있는 건가?'

엽자건이 불현듯 뇌리를 스쳐 간 생각에 눈살을 찌푸렸다.

여태까지 그가 경험한 해월낭인대 소속 인자들의 특성은 그야말로 지독함 그 자체였다. 죽을 때까지 비명은커녕 호흡까지 죽이지 않는다고 결코 자신할 수 없었다. 이번이라고 그러지 않으리란 보장은 없다.

"그렇게는 놔둘 수 없지!"

나직한 중얼거림과 함께 엽자건이 다시 수중의 삼절마곤을 휘둘렀다. 좀 전과는 다른 용도다. 자신이 만들어놓은 살벌한 기관이 잔뜩 남아 있는 땅속을 파기 시작한 것이다.

잠시 후.

엽자건은 자신이 땅속에 잔뜩 매설해 놓은 죽창과 암전 등의 잔해 속에서 복면인 한 명을 어렵게 끄집어냈다. 그를 계속 괴롭혀 왔던 환월이었다.

"끙차!"

엽자건이 짐짓 앓는 소리를 내며 품속의 환월을 바라봤다. 사실 무겁지는 않다. 깃털처럼이란 말이 떠오를 정도로 가볍다. 게다가 부드럽기도 하다. 극도의 수련을 통해 단련된 몸을 기대하고 있던 엽자건에겐 다소 의아스러운 결과였다.

'부상국 새끼들이 보통 쬐끔한 원숭이 같긴 하지만 이 자식의 몸은 진짜로 형편없구만. 특급의 인자 수련을 받은 녀석인 주제에 이리 몸에 근육이 부실해서야……'

나직이 혀를 찬 엽자건이 환월의 흉부 부근을 살피곤 눈살을 찌푸렸다.

흉측하게 벌어진 자리.

죽창에 찔렸는지 피가 뭉클거리며 흘러내리고 있었다. 사실 몸 전체로 볼 때 부상 부위는 그곳만은 아니다. 아주 난자를 당했다는 표현이 좋을 만치 많은 자잘한 상처에서 흘러나온 피로 흑색 일색의 복장이 번들거리고 있었다. 몸속의 피가 족히 절반가량은 빠져나온 것 같았다.

"에휴, 너희들은 어찌 그러냐? 어떻게 이렇게 되도록 비명 한마디를 지르지를 않아!"

나직이 투덜거린 엽자건이 환월을 바닥에 내려놨다. 치료를 하기 위함이었다.

그런데 바로 그때였다.

번뜩!

호흡조차 불확실하던 환월의 눈이 뜨이더니, 식지를 번개같이 앞으로 뻗어냈다.

스아악!

식지를 따라 움직인 건 수라표다.

어디에 숨겨놨었는지 짐작조차 할 수 없는 암기가 지척지간에서 엽자건을 노리며 날아들었다. 아니, 그러려고 했다.

티앙!

엽자건의 탄지신통이 먼저였다. 그는 환월의 식지가 곤추

세워진 순간 손가락을 튕겼다. 식지를 그냥 부러뜨려 버린 것이다. 느닷없이 튀어나온 수라표 역시 단숨에 우그러뜨려 버렸음은 물론이다.

풀썩!

환월이 눈을 부릅뜬 채 기절했다. 정신을 완전히 잃어버렸다. 이번에는 진짜다.

"확! 이걸 그냥……."

엽자건이 성질을 폭발시키려다가 입을 다물었다. 급격히 환월의 몸이 차가워지기 시작했기 때문이다.

"…어찌 됐든 나중에 혼날 줄 알아라, 이 자식아!"

엽자건이 끝내 한마디 투덜거림을 남긴 후 환월의 복면과 옷을 벗겨냈다. 상처가 워낙 많고 위중해서 옷을 걸친 상태론 정확한 상태를 확인할 수 없어서였다.

움찔!

엽자건의 얼굴이 일순 묘한 기색을 만들어냈다. 환월의 본색을 확인한 것과 동시의 일이었다.

그러나 그것도 잠시뿐.

곧 엽자건은 다시 부지런히 손을 놀리기 시작했다. 사람이 죽어가고 있었다. 함부로 지체할 시간 따윈 없었다. 나중에 어떤 일이 벌어지더라도 말이다.

사삭! 사사사삭!

그의 손에 의해 환월의 옷이 완전히 벗겨졌고, 곧 치료에 들어갔다. 달밤의 일이었다.

*   *   *

언제부터일까?

남궁수는 애검 청류하의 검봉을 바닥 쪽으로 향한 채 눈을 감고 있었다.

호흡 역시 죽였다.

혼란으로 가득한 후방 용자조의 포진을 수습하기 위해서 자기 자신을 완전히 적 앞에 내놓은 직후의 일이었다.

'내가 움직이지 않으면 적이 움직일 수밖에 없는 법! 이름을 모르는 인자여! 더 이상 숨어서 살행하지 말고 자신의 진정한 무를 나, 남궁수에게 보이거라!'

순간, 고요 속에 홀로 거하고 있던 남궁수의 청려한 미간 사이에 미묘한 흔들림이 보였다.

아주 잠깐 동안의 일.

더불어 바닥을 향하고 있던 그녀의 청류하가 미세한 움직임을 보였다.

착각이었다.

청류하는 곧 폭발적인 검광을 만들어냈다. 검강을 발현한 상태로 산검(散劍)을 펼쳐 내더니, 곧바로 한 방향을 정해 사정없이 솟구쳐 갔다.

천망일단!

남궁수 평생의 절학인 창룡육격참의 절초가 공간을 갈랐다. 완전히 일도양단해 버렸다.

그 결과는 곧 눈앞에 드러났다. 화려한 피의 꽃이란 형태로.

푸확!

남궁수의 미간을 지척에 둔 채 멈춰 버린 삼조인(三爪刃)이 먼저 팔째로 바닥에 떨어져 내렸다. 최초의 산검에 당한 것이다. 그 후는 천망일단에 양단된 복면인이다. 여태까지 몰래 은신한 채 용자조원 십수 명의 목숨을 앗아간 귀살인도의 특급 인자 월영의 최후였다.

"하아!"

비로소 자신을 향해 점점이 떨어져 내리는 피의 꽃에 홀로 선 남궁수가 호흡을 가볍게 내쉬었다.

살수와의 싸움.

수년간의 비무행 동안 몇 차례 경험한 바 있었다.

하지만 부상국의 인자, 그것도 특급에 속하는 귀살인도 소속의 인자는 결코 쉽지 않은 상대였다. 근래 비약적으로 무공이 늘어난데다 엽자건을 따르며 엄격한 전장의 훈련을 쌓지 않았다면 지금 바닥에 쓰러져 있는 건 그녀일 수도 있었다. 그리 생각되었다.

한데, 바로 그때다.

피의 비를 맞으며 호흡을 가다듬고 있던 남궁수의 배후로 흐릿한 그림자 하나가 두둥실 떠올랐다. 월영과 함께 천룡영웅대의 진중에 침투한 귀풍이었다.

그의 손에 들려진 건 무광의 단검, 스치기만 해도 사람을 절명케 하는 극독이 묻어 있는 독검이다. 환월이 그러했듯이 귀풍 역시 동료인 월영을 제물 삼아 강적인 남궁수를 죽일 기회를 만들어낸 것이다.

그러나 그가 미처 파악치 못한 게 있었다.

남궁수가 나이답지 않게 꽤나 많은 격전을 경험했을뿐더러 전장의 중심에서 절대 부동심을 놓지 않는다는 점이었다. 그것이 설혹 인생 최고의 싸움이 끝난 직후라 할지라도.

쩌쩡!

귀풍의 회심의 일격이 남궁수의 청류하에 가로막혔다. 튕겨져 나왔다.

더불어 현란하게 움직인 남궁수의 발끝.

난풍회류각이 공중에 떠올라 있던 귀풍의 전신을 노렸다. 사정없이 난타하려 했다.

빙글.

귀풍은 기묘한 동작으로 난풍회류각의 각영을 피해냈다. 공중에서 몸을 한차례 꼬아 보이더니, 뒤로 황급히 회전을 일으키며 물러났다.

스슥!

그의 눈이 빠르게 주변을 살핀다.

다시 특기인 은신술을 펼쳐서 몸을 숨긴 후 후일을 도모할 작정이었다. 그럴 자신이 있었다. 몸을 피할수만 있다면 말이다.

그리되진 못했다.

쉭! 쉬아악!

그가 남궁수의 난풍회류각을 피한 것과 거의 동시였다. 시간차 공격을 하듯 배후에서 한 개의 검기와 봉영이 날아들었다. 엽자건의 명을 받고 뒤늦게 후방으로 달려온 유백온과 목진풍이 합공을 가해온 것이었다.

빡!

귀풍이 놀라서 얼른 신형을 분신시키다 목진풍의 청죽봉에 어깨를 얻어맞았다. 촌각을 다투는 순간에도 유백온이 펼친 검기는 가까스로 피해내는 데 성공했다.

하지만 그것만으론 부족했다.

목진풍의 청죽봉이 단숨에 그의 어깨를 박살 냈고, 유백온의 검기가 둥근 원 운동을 만들며 목을 베어버렸다. 순식간에 벌어진 일이었다.

"목숨은… 남겨둬야……."

남궁수가 얼른 목청을 높이다가 입을 다물었다. 이미 소용없는 일이 되어버렸다. 그녀의 눈앞에 귀풍의 절단된 머리통이 나뒹굴고 있었기 때문이다.

데구루루!

자신의 발치로 힘없이 굴러드는 머리통을 바라보며 남궁수가 고운 눈매를 가늘게 만들어 보였다.

단 두 명의 침입자 때문에 천룡영웅대의 조장 세 명이 합공을 가해야만 했다. 그사이 죽은 인원도 십수 명이 넘었다. 비록 갑작스런 싸움이 끝났다곤 하나 기분이 씁쓰레하지 않을 수 없었다.

그때 유백온이 검에 묻은 핏물을 떨구고 빠른 걸음으로 남궁수에게 다가들었다. 피에 젖어 있는 그녀의 모습에 표정이 딱딱하게 굳어 있다.

"부상을 당한 것이오?"

남궁수가 천천히 고개를 가로저어 보였다.

"적의 피를 덮어썼을 뿐이에요. 그런데 어찌 후방으로 이리 잔뜩 몰려오신 건가요? 천룡위주님의 곁을 우선적으로 지켜야만 하지 않는가요?"

"그건……."

목진풍이 얼른 두 사람 사이에 끼어들었다. 유백온의 말을 중간에서 가로챈 거다.

"당연히 형님의 막사로 재빨리 달려갔지 않겠습니까? 하지만 형님께선 오히려 남궁 조장을 걱정하시더군요. 우리더러 당장 후방의 용자조로 달려가서 지원하라 명하셨습니다. 그렇지 않소이까, 유 조장?"

"…목 조장의 말이 맞소이다."

유백온이 선선히 고개를 끄덕여 보였다. 과거 남궁수에게 마음을 빼앗기고 있을 때와는 다른 모습이다. 그의 마음속에 이미 당소교가 깊이 자리했음을 짐작할 수 있는 모습이기도 하다.

'날 걱정해 주신 건가……'

내심 중얼거린 남궁수가 곧 단호한 표정을 지어 보였다. 나풀거리는 입술 새로 흘러나온 목소리 역시 그러하다.

"후방은 대충 정리가 된 듯합니다. 유 조장과 목 조장은 다시 중군으로 돌아가 보도록 하세요. 어째서 갑자기 숨어 있던 인자들이 탈출을 시도했는지 의심이 듭니다."

유백온이 눈에 이채를 띠었다.

"성동격서(聲東擊西)가 의심된다는 뜻이오?"

남궁수가 고개를 끄덕여 보였다.

"예, 성동격서를 의심해 볼 수 있다고 생각합니다. 그동안 해월낭인대와 수차례에 걸쳐 전투를 벌였지만 이 정도 수준의 인자는 경험해 본 적이 없습니다. 만약 계속 진중에 숨어 있었다면 결코 쉽사리 제거할 순 없었을 겁니다. 피해도 지금보다 훨씬 심각했을 거고요."

"확실히 갑자기 이런 식으로 소란을 일으키며 탈출을 감행한 건 이상한 일이었소."

유백온이 동의를 구하자 목진풍이 내심 몰래 인상을 찌푸려 보였다.

'성동격서? 그건 또 뭔 소리다냐?'

언제나와 마찬가지로 남궁수와 유백온의 대화 중 또 잘 모르는 말이 튀어나왔다. 툭하면 어려운 사자성어를 섞어서 말하는 유백온이 얄미웠고, 곁에 엽자건이 없는 게 아쉽게 느껴졌다. 이럴 때 엽자건만큼 쉽게 풀어서 설명해 주는 사람은 다시없었기 때문이다.

그때다. 마치 목진풍의 심사를 간파하기라도 한 듯 진중 밖에서 엽자건이 바람같이 날아들었다. 금강부동보 중 부풍무영인데, 근래의 무공 성취를 가늠할 수 있을 듯 흡사 어풍비행을 펼친 것이나 다름없어 보인다.

스슥!

한 점 바람같이 바닥에 떨어져 내린 엽자건의 어깨에는 산발을 한 흑의인이 떠메어져 있었다. 응급조치로 가까스로 목숨을 건진 환월이었다.

"천룡위주님!"

"무상님……."

"형님!"

엽자건을 중심으로 세 명의 조장이 일제히 모여들었다. 그가 어느 틈에 천룡영웅대의 진중을 벗어났었는지 의아스런 기색들이 완연하다.

엽자건이 모두를 살핀 후 미미하게 고개를 끄덕여 보였다.

"제법 힘든 싸움을 벌인 모양이군? 사상자는 얼마나 되지?"

남궁수가 얼른 보고했다.

"십여 명이 죽고 다친 자는 한 명도 없습니다."

"깨끗하군."

"그런데 어깨에 있는 자는……."

"이거?"

엽자건이 환월을 마치 물건처럼 칭하더니, 퉁명스레 말을 이었다.

"아주 위험한 물건이야. 하마터면 내 목을 날려 버릴 뻔했을 정도로 말야."

"포로로 삼을 작정이십니까?"

"그래야겠지? 하지만 그전에 목숨부터 구해야 할 것 같아. 내가 좀 심하게 만들어놨거든."

"……."

남궁수가 갑자기 자신에게 내던져진 환월을 얼결에 받아든 후 아미를 가볍게 치켜올렸다. 비로소 산발로 인해 가려졌던 환월의 본색을 발견하고 내심 크게 놀란 것이다.

곁에 있던 목진풍이 역시 환월의 본색을 확인한 후 언제나처럼 흥분해서 소리를 고래고래 질러댔다.

"형님, 여자가 아닙니까? 그것도 아주 미인입니다! 무진장 미인이라구요! 도대체 어디서 이런 예쁜 인자 미인을 붙잡아오신 겁니까?"

"반한 거야?"

"예? 아, 아닙니다!"

"흐음, 반한 것 같은데?"

"절대 아닙니다! 저는 일편단심인 놈입니다!"

"일편단심이라……."

"아, 제가 또 잘못 말했나요?"

"아니, 맞아."

엽자건이 목진풍의 주눅 든 표정을 보고 피식 웃어 보인 후 남궁수에게 당부하듯 말했다.

"남궁 조장에게 맡길 테니 잘 좀 지켜봐 주시오. 임시방편으로 숨결은 남겨놨지만, 상당한 중상을 당한데다 무척 독한 성격이라 자살을 감행할지도 모르니 조심해야 할 거요."

"중요한 포로겠지요?"

"아마도."

엽자건의 모호한 대답에 남궁수가 얼른 복명했다. 애초부터 확실한 대답을 바라고 한 질문이 아니었기 때문이다.

*　　　*　　　*

새벽.

점차 밝아져 오고 있는 대지 위에 문득 검은 그림자 하나가 모습을 드러냈다.

그 정체는 귀살인도의 당대 당주인 환야다.

그는 새벽이 될 때까지 천룡영웅대의 진중 쪽을 살피고 있었는데, 표정이 평상시의 무표정함을 잃고 있었다. 가장 믿고 있던 제자인 환월이 새벽이 되도록 돌아오지 않았기 때문이다.

'설마 환월마저 실패할 줄은 몰랐거늘…….'

부상국을 떠나 중원에 온 지 몇 해나 흘렀을까?

해월왕과 계약을 맺기 전까지 환야는 귀살인도와 함께 중원의 살수계에서 은밀하게 군림하고 있었다. 부상국에서처럼 첩보나 염탐보다 암살에 집중했지만 단 한 번도 고전해 본 적이 없었다. 모두 휘하의 특급 인자 덕분이었다.

특히 환월은 환야 자신조차 승부를 장담할 수 없다고 여기는 후계자였다. 비록 이곳이 전장이라곤 하나 이리 허무하게 임무에 실패하리라곤 상상조차 하지 못했던 일이었다.

꾸욱.

잠시 더 천룡영웅대의 진중 방면을 바라보던 환야가 주먹을 힘줘서 쥐어 보이더니, 곧 신형을 돌려세웠다. 환월의 실패를 기정사실화하고 뒷일을 도모하려 움직인 것이다.

잠시 후.

언제나처럼 엄청난 서류 더미를 앞에 둔 채 인상을 있는 대로 쓰고 있는 귀견의 앞에 환야가 모습을 드러냈다. 근래 보기 드문 등장이다.

움찔!

서류에 고개를 처박고 있던 귀견이 재빨리 허리춤의 소태도에 손을 가져다 댔다. 주무기인 대태도를 뽑을 시간이 없다는 판단을 내린 까닭이다.

그의 소태도는 뽑히지 않았다.

한 번도 직접 본 적이 없는 얼굴이나 기운은 충분히 낯익다. 특히 곧바로 자신에게 살수를 펼치지 않은 것이 예측에 대한 확신을 일으킨다.

"어찌 직접 모습을 드러낸 것인가? 설마 소주를 구출해 내는 데 실패했다고 말하려는 건 아닐 테지?"

"불행히도 귀살인도는 실패했소. 지금 당장 해월왕께 알리는 게 좋을 것 같소이다."

"자신있다고 하더니!"

귀견이 나직한 일갈과 함께 소태도를 향하고 있던 손으로 탁자를 힘줘서 내려쳤다.

쾅!

그 순간 막사 밖에서 호위 두 명이 도를 빼 든 채 달려들어왔다. 귀견을 지키기 위함이었다.

귀견이 손짓으로 호위를 물렸다. 눈앞의 환야의 실력은 대충 짐작하고 있다. 자신과 호위 두 명이 힘을 합한다 하여 감당할 수 있는 상대가 아니다. 그렇기에 화가 머리끝까지 치솟 았음에도 살기까지 일으키진 않았다.

호위가 물러나자 귀견이 차갑게 가라앉은 눈빛을 환야에 게 던졌다.

"지난번에 얘기했다시피 주군께서 이곳에 오시는 순간 우 리 둘은 배를 갈라야만 할 것이다. 그걸 알고서 내게 주군을 부르라 한 것일 테지?"

"해월왕과 본 귀살인도는 계약 관계일 뿐이오. 부상국처럼 주종지간이 아니니 할복할 생각은 없소이다."

"감히!"

"단! 귀살인도의 힘을 이번 싸움에 더욱 집중하도록 하겠 소. 해월왕께서 도착하시기 전까지 함께 저들을 토벌할 수 있 도록 말이오."

"저들을 토벌해? 설마 나더러 소주를 포기하라고 하는 것 인가?"

"다른 방도가 있소이까? 저들을 완전히 토벌한 후 해월왕 께 이번 싸움에서 소주의 장렬한 죽음을 알리는 것 외에 말이 오."

"……"

귀견은 머리가 나쁜 사람이 아니다. 오히려 머리가 상당히 좋아서 해월왕의 오른팔의 자리까지 오를 수 있었다. 환야가 한 말의 의미를 간파하지 못할 리 만무하다.

'교활한 너구리 녀석! 감히 겁도 없이 주군을 기망하려 하다니. 하지만… 녀석의 말은 옳다. 그 수밖엔 내가 할복하지 않을 방도가 없다는 것 말야.'

결정은 금세 내려졌다.

눈에 차가운 광채를 담은 귀견이 퉁명스런 표정으로 말했다.

"날이 밝는 대로 다시 공격 명령을 내릴 것이다. 휘하의 인자들을 몇 명이나 동원할 수 있겠는가?"

"삼십 명가량. 전력으로 적의 수뇌부를 공격하고, 소주의 구출에 최선을 다할 것이오. 생사에 개의치 않고."

"생사에 개의치 않는다라……."

나직한 중얼거림과 함께 귀견이 눈앞의 환야에게 징그럽다는 표정을 지어 보였다. 이미 소주 야규 무네노리를 시체 취급하고 있는 그의 말과 태도에 내심 질리는 기분이었다.

'흥! 그건 나 역시 마찬가지인 건가?'

내심 나직한 코웃음을 친 귀견이 환야에게 얼른 손짓해 보였다. 호위를 물리듯 그 역시 자신의 막사에서 떠날 것을 명령한 것이다.

슥!

환야가 다시 모습을 감췄다. 아직 새벽의 기운이 채 가시지 않은 아침 무렵의 일이었다.

             *   *   *

  ‘으으윽!’

  환월은 의식을 되찾자마자 몸을 일으켜 세우려다 내심 비
명을 내뱉었다.

  온몸이 부서지는 것 같은 고통이랄까?

  점차 또렷해져 오는 정신과 함께 환월은 몸 전체로 퍼져 가
는 지독한 통증에 직면해야만 했다. 몸의 감각기관이 일제히
미쳐서 날뛰는 것만 같았다.

  하지만 그녀를 좌절하게 만든 건 고통 따위가 아니었다.

  귀살인도의 인자, 그것도 특급에 속하는 그녀가 여태까지
감내한 수련은 일반인이 상상조차 하지 못할 만한 수준이었
다. 웬만한 고통은커녕 죽음이 임박한 순간이라 해도 비명 한
마디 내지르지 않을 수 있었다. 그렇게 훈련받아 왔다.

  다만 고통과 함께 손가락 하나 까딱할 수 없는 현 상황의
인지는 그녀에게 냉정한 현실을 깨닫게 만들었다. 적에게 사
로잡히고도 자진하지 못한 처지가 되었다는 것 말이다.

  ‘아혈과 마혈이 동시에 점혈된 것인가? 그런데 온몸의 신
경은 일제히 통증을 전해오고 있으니, 이해할 수 없는 일이로
구나!’

  현실에 대한 인지는 곧 냉정한 사고를 불러왔다.

  지독스런 고통 속에서 환월은 점차 민활하게 머리를 움직

였다. 어떤 식으로든 현 상태를 확실하게 파악하려 했다. 그래야만 한다고 생각했다.

그때 부산스러워진 그녀의 상태를 뒤늦게 간파한 남궁수가 천천히 눈을 떴다. 여전히 가부좌를 풀지 않고 있으나 전신에서 일순 차가운 한풍이 회오리처럼 일어나는 듯한 착각을 야기시킨다. 근래 거의 대성을 눈앞에 두게 된 구유한백신공의 영향이었다.

"정신이 든 것 같군. 전신의 경혈이 모조리 뒤틀린 상태니까 몸을 움직이려 노력하지 않는 게 좋아."

'마혈을 제압한 것이 아니란 뜻인가?'

환월은 귓전으로 파고드는 남궁수의 담담한 목소리에 정신이 번쩍 들었다. 마혈이 제압돼서 몸이 움직여지지 않는 게 아니라면 그녀를 괴롭히던 의문 한 가지가 풀리는 셈이다. 더불어 희망 역시 하나 더 생기고.

부들!

일순 야전 침상에 찰싹 달라붙어 있던 환월의 손가락이 가벼운 떨림을 보였다. 온몸을 장악한 고통을 강인한 정신력으로 이겨내고 마비를 억지로 풀어낸 것이다.

남궁수의 눈에 이채가 어렸다.

'적이지만 정말 대단한 의지로구나. 고통이 극심할 텐데, 몸의 마비를 풀어낼 수 있다니. 나라면 과연 이 같은 상황을 이겨낼 수 있었을까?'

쉽지 않은 일이다.

불가능하진 않으나 어렵다고 여겼다.

그때 갑자기 그녀의 막사의 문이 열리며 엽자건이 들어섰다. 그의 손에는 죽 한 그릇이 들려져 있었다. 방금 끓인 것인지 뜨거운 김이 잔뜩 서려 있었다.

"천룡위주……."

얼른 가부좌를 풀고 자리에서 일어서려는 남궁수를 손으로 제지한 엽자건이 얼른 환월에게 다가들었다. 자신 덕분에 몸을 움직일 수 없게끔 된 그녀에게 뭔가를 먹일 생각으로 온 것 같다.

"……."

남궁수가 그 모습을 다소 부럽게 바라보고 있을 때였다. 재빨리 손가락을 튕겨서 환월의 경맥을 진기로 두들긴 엽자건이 그녀의 상반신을 일으켰다. 더불어 퉁명스런 한마디도 잊지 않는다.

"어금니 안쪽에 숨겨놨던 독단을 찾을 필요는 없어. 이미 내가 제거했으니까. 뭐, 혀를 물 힘도 없을 테고 말야."

"……."

진짜 열심히 독단을 찾고 있던 환월의 감겨진 눈꺼풀이 파르르 떨림을 보였다. 엽자건의 한마디에 모든 의욕과 힘을 한꺼번에 상실해 버린 것이다.

그러거나 말거나 엽자건은 자신이 주입한 경력에 반발하

는 환월의 몸 상태를 잠시 살피곤, 그녀의 입을 억지로 열었다. 들고 있던 죽을 먹이기 위함이었다.

"본래 한동안 굶는 게 나을 테지만… 상황이 그리 여유롭지 못하게 되었다. 어제 죽도록 두들겨 팬 게 미안해서 죽 한 그릇을 가져왔으니, 얼른 먹어라."

'무슨 의미?

환월이 결국 참지 못하고 눈을 떴다.

일순 기묘한 푸른 기운이 그녀의 눈 속에 어린다. 작고 아담한 몸집과 달리 뚜렷한 이목구비에 하얀 얼굴과 함께 이국적인 미모를 확연히 드러내는 얼굴이 비로소 완성된 거다.

'역시 아라사와의 혼혈인 건가? 하지만 진짜 굉장한 미인이로군.'

엽자건이 내심 감탄했다.

그는 여태까지 꽤나 많은 무림의 미인들과 함께해 왔다. 곁에 있는 남궁수는 말할 것도 없고, 감요진이나 이가흔, 당소교 등은 진짜 천하절색이라 할 수 있는 미인 중의 미인이었다.

그런 그가 보기에도 환월의 이국적인 미모는 대단했다. 피에 절어 있던 여체의 굴곡을 보고 깜짝 놀랐던 전날 밤의 기억이 동시에 떠오르자 얼핏 얼굴이 달아오를 것만 같다.

물론 잠깐 동안만의 일이었다.

엽자건이 푸른 눈을 깜빡거리고 있는 환월의 입에다 죽을 떠넣어주기 시작했다.

한 술, 또 한 술, 다시 또 한 술…….

적당히 식어 있는 죽이 몽땅 비도록 엽자건은 환월에게 먹였다. 마치 그녀가 자신의 헤어졌던 연인이라도 되는 것처럼 정성스럽고 세심히 그리했다.

문득 시끄러워지고 있는 밖의 사정에 귀를 기울이고 있던 남궁수가 미묘한 표정으로 입을 열었다.

"천룡위주님, 적의 공격이 시작된 것인가요?"

엽자건이 죽을 다 먹인 환월의 입술을 소매로 훔쳐 주며 건성으로 대답했다.

"대규모야, 여태까지 없었던."

"그럼 이러실 때가…….."

"물론 아니지."

여전히 환월의 상반신을 한 손으로 고정시킨 채 엽자건이 비로소 남궁수에게 시선을 던졌다. 언제 태연했냐는 듯 시선이 차갑게 가라앉아 있다.

"남궁 조장은 지금 당장 용자조와 함께 후방 강화에 들어가도록 해. 저들은 이미 인질의 생사를 개의치 않기로 마음먹은 것 같으니까 말야."

"그럼 천룡위주님은?"

드물게 남궁수가 반문을 던지자 엽자건이 슬쩍 이를 드러냈다. 메마른 미소였다.

"아직 이 녀석을 숨겨놓을 만한 시간은 있지 않겠어? 남궁 조장은 먼저 가보도록 해!"

"존명!"

남궁수는 두 번 반문을 던지지 않았다. 얼른 고개를 숙이며 복명한 그녀가 막사 밖으로 신형을 날려갔다. 이미 엽자건과 환월에 대한 기묘한 의구심을 머릿속에서 지워 버린 채였다.

슥!

엽자건이 그런 남궁수의 뒷모습을 잠시 일견한 후 환월을 안아 들었다. 전투가 끝나기까지 며칠 전 만들어놨던 암굴에 그녀를 숨겨놓기 위해서였다.

'본래는 그 민대머리 포로 녀석을 위해 만들어놓은 곳이지만, 뭐 상관없으려나? 어차피 그 녀석의 효용 가치는 이제 끝나 버린 것 같으니까 말야.'

변발무인 야규 무네노리의 생포는 행운이었다.

그의 존재가 없었다면 지난 며칠간 천룡영웅대의 피해는 상상 이상으로 커졌을 터였다. 수백 리나 떨어진 유군의 젊은 지휘관이 자신의 포위섬멸전을 간파하고 기꺼이 망치의 역할을 맡기까지 말이다.

들썩!

일면식도 없는 유군의 젊은 지휘관을 떠올리자 환월을 안아 든 엽자건의 양손에 저도 모르게 힘이 들어갔다. 기묘하게 마음에 걸리는 구석이 많은 친구다. 어째서 그런지는 모르겠지만.

"쳇! 해월왕은 좀 쪼잔한 구석이 있는 거 아닌가? 어째 이렇게 가벼워. 마치 솜털 같잖아. 그동안 약탈해 간 재보만 해도 장난이 아닐 텐데 말야."

자신을 빤히 쳐다보고 있는 환월의 푸른 눈과 시선을 맞춘 엽자건이 씨익 웃어 보였다. 점점 더 밖에서 이는 소란이 격렬해지고 있었다. 진짜 엄청난 대군이 몰려오고 있는 게 분명했다.

그러거나 말거나 엽자건은 환월을 안은 채 천천히 막사 밖으로 걸어나갔다. 어차피 도주를 할 생각은 없었다. 유군의 젊은 지휘관이 도착할 때까지 이곳에서 죽기 살기로 버티고 있어야만 했기 때문이다.

어느새 해가 산등성이 위로 고개를 바짝 내밀고 있었다.

새벽도 끝 무렵이었다.

*   *   *

우르르! 우르르르르!

눈앞에 보이는 엄청난 숫자의 짐승 떼의 정체는 소다. 얼마 전까지 몸에 커다란 쟁기를 멘 채 밭을 갈던 짐승들이 족히 수백 마리나 한곳에 모여 있었다.

소란이 없을 리 만무하다.

놈들은 사람의 손에 길들여졌음에도 불구하고 연신 투레질을 해대고 뿔 자랑하기에 여념이 없었다. 한두 다리가 아니라 수백 마리가 모이자 숫놈 특유의 경쟁심과 호승심이 잔뜩 고양된 모양새였다.

멀리서 이 같은 소떼의 소란을 웃음 띤 얼굴로 바라보고 있던 척호의 배후로 한 명의 무장이 빠르게 다가들었다. 열 무리로 나뉜 채 회계산을 떠난 유군 중 가장 빨리 와호산 부근에 도착한 척가군의 선임 부장 혁련성이었다.

긁적!

척호가 손가락으로 굵직한 근육이 돋보이는 목 부근을 긁으며 질문하듯 말했다.

"혁련 부장, 부근에서 끌어모을 수 있는 건 저놈들이 전부였겠지?"

"물론입니다. 강제 징수권을 발동했다면 조금쯤 더 모아올 수도 있었을 테지만요."

"그건 안 될 말이지. 그런 짓을 한다면 우리가 해월낭인대 녀석들과 다른 점이 뭐겠어?"

"대장, 하지만 저놈들을 나중에 돌려주려면 여간 힘든 일이 아닐 것 같습니다만?"

"뭐 하러 돌려줘?"

"예? 그럼……."

척호가 그제야 배후의 혁련성을 향해 돌아섰다. 입가에는 여전히 특유의 선 굵은 웃음이 매달려 있다.

"이번에 우리가 상대할 해월낭인대의 숫자는 오천이야. 그놈들을 몰살시킨 후에 거둬들일 군량과 보급으로 소를 징수한 값은 충분히 치르고도 남을 거야. 그러니 저 성질 사나운 놈들을 돌려줄 걱정 같은 건 하지 않아도 좋아."

"그러시다면야……."

혁련성이 한시름 덜었다는 표정이 되었다. 그가 속한 척가군은 대부분 절강성 일대의 농부 출신이었다. 농가의 가장 귀중한 재산이라고 할 수 있는 소를 징수하면서 마음 한구석에 찜찜함이 남지 않았을 리 없다.

철썩!

척호가 혁련성의 어깨를 한차례 내려친 후 고개를 치켜올렸다. 다음 보고로 넘어가란 뜻이다.

혁련성이 표정을 평상시처럼 굳혔다.

"대장의 예측대로 와호산 부근에서 지난 며칠간 대규모의 전투가 산발적으로 벌어졌던 것 같습니다."

"산발적으로만? 오천의 대병이 수백 명을 상대로?"

"예, 이유는 알 수 없습니다만, 여태까지는 그래 왔습니다. 오늘 새벽부터는 사정이 완전히 달라졌지만요."

"전면전?"

"예, 그것도 죽기 살기의 싸움인 것 같습니다. 후방의 경계병 같은 것도 아예 남기지 않았더군요."

"좋다!"

척호가 손뼉을 쳤다. 그와 수백 리를 너머 교감을 나눈 자. 생각 이상의 실력과 담대함을 보여줬다. 이젠 자신이 보답을 할 차례가 왔다는 생각이 들었다.

"바로 포위섬멸전에 들어간다. 저 심심해서 미칠 것 같아 하는 녀석들과 척가군 전부를 준비시키도록!"

"예? 하지만 아직 아홉 개 부대가 도착하려면 하루 반나절은 더 있어야 하는데요?"

"안다. 그래도 지금 당장 우리는 움직일 것이다. 고장난명(孤掌難鳴)이라 했다. 손바닥도 마주쳐야 소리가 나는 법인데, 자칫 망치가 내려치기 전에 모루가 박살 나버리면 곤란하지 않겠어?"

'대장은 그자를 이 정도로 높이 보고 있는 건가? 자신과 손바닥을 마주쳐 줄 수 있을 만한 믿음직한 동료로?'

척호를 따라 무수히 많은 전장을 누린 혁련성이다.

그가 새파랗게 젊은 나이에 유대유가 떠난 유군을 맡아서 얼마나 힘들게 고군분투했는지 잘 알고 있었다. 그러면서도 절대 자신의 약한 모습을 휘하 장졸들에게 내보이지 않으려 했던 것 역시 말이다.

그런 그가 지금 누군가를 완전히 믿고 의지하고 있었다. 자신과 손바닥을 마주칠 진정한 동료라 칭하기까지 했다. 항상 곁에서 함께하던 입장으로 조금쯤 부럽고 질투가 나지 않을 수 없었다.

　잠시뿐이었다.

　혁련성 역시 이번에 모루의 역할을 자처한 원병의 이름 모를 지휘관에겐 나름대로 감탄하고 있었다. 자신이라면 절대 이런 말도 안 되는 짓은 할 수 없었을 터였기 때문이다.

　'그러니 남에게 명령을 내리는 위치의 지휘관이 될 수 있는 거겠지. 그 사람이나 우리 대장이나 나 같은 놈과는 아예 그릇 자체가 다르지 않겠어? 그나저나 이번 일로 우승 천인장한테 잔소리깨나 들어야겠구만. 또 대장을 옆에서 제대로 보좌하지 못했다고 말야.'

　항상 정석적인 병법을 선호하는 천인장 우승의 꼬장꼬장한 얼굴을 떠올리며 혁련성이 내심 고개를 절레절레 흔들었다.

　재밌는 점은 그의 마음속에 더 이상 의문이나 번민이 남아 있지 않다는 점이었다. 척호를 따르는 동안 이번처럼 압도적인 대병과 죽기 살기로 싸운 게 한두 번이 아닌 까닭이었다.

第五十三章

각개전투(各個戰鬪)

少林棍王

소림곤왕

슈칵!

팽도진은 수중의 직도를 섬전같이 휘둘러 두 명의 낭인을 벤 후 거친 숨을 빠르게 내뱉었다.

탁한 기침.

누런 가래가 목 깊숙한 곳까지 찼다. 숨이 가빠올 만큼 칼을 휘두르다 보니, 호흡 중에 자연스레 주변에서 날리는 먼지가 잔뜩 목구멍 속으로 파고들어 온 까닭이다.

그때 다시 팽도진을 향해 대여섯 개나 되는 칼날이 날아들었다.

쉬악! 쉬악! 쉬아아악!

하나같이 접쇄식으로 된 칼날이다. 웬만한 백련정강의 보검 저리 가라 할 만큼 날카롭다. 무공이 이미 절정의 수위에 도달한 팽도진이라 하나 무시할 수 없음은 당연하다.

카칵!

재빨리 팽가 비전의 자전십팔도법으로 칼날을 튕겨낸 팽도진이 허리를 강하게 튕겼다. 직도의 날 역시 아래에서 위로 강하게 내쳐 냈다.

츄악! 츄아아악!

그를 노리며 달려들던 낭인 셋이 그 자리에서 두 토막 났다. 부상국 검법 특유의 일검필살 방식 덕분에 즉사를 당해 버리고 말았다.

그러나 그 순간 팽도진의 옆구리를 노리며 다시 두 개의 칼날이 파고들었다. 애초부터 첫 번째로 검날을 날려왔던 자들은 희생을 각오하고 있었음이 분명하다.

"지독한 것들!"

팽도진의 입에서 짓씹는 듯한 일갈이 터져 나왔다. 저도 모르게 호흡이 흐려졌다. 그 정도로 이런 류의 공격은 무섭다. 사람이 아니라 귀신이나 할 짓이었다.

다행히 팽도진은 경공 역시 수준급이었다.

슉!

일순 발끝에 힘을 주고 뛰어오른 팽도진의 신형이 공중에서 번개같이 회전을 보였다. 사람의 키 높이만큼을 뛰어오른 뒤 수중의 직도를 사방으로 쳐낸 것이다.

츄악! 츄악!

현란한 도광을 발한 직도의 날에 두 명의 낭인이 다시 피를 쏟으며 무너져 내렸다. 바닥에 얼굴을 파묻는 순간까지 수중의 왜도는 여전히 살기를 뿌리고 있었다.

털푸덕!

그 피바다 위로 팽도진의 신형이 무겁게 떨어져 내렸다. 하도 급하게 신형을 날리며 반격을 가하느라 중간에 호흡이 끊겼다. 그에 따라 진기 역시 끊어졌기에 제대로 된 낙법조차 시행할 수 없었다.

"망할!"

팽도진이 얼른 등판에 힘을 주고 허리의 탄력을 이용해 신형을 일으켜 세웠다.

삽시간에 십여 명을 도살했으나 아직 멀었다.

이번엔 족히 수십 명이 넘는 낭인들이 개떼처럼 몰려오고 있었다. 그와 피를 나눈 선봉의 운자조 도객들을 한꺼번에 몰살시키기라도 할 것 같은 기세였다.

"이 쪽발이 새끼들아! 어디 계속 와봐라! 나 팽도진이 모조리 다 죽여 버릴 테니까!"

팽도진이 수중의 직도에 힘을 준 채로 버럭 소리질렀다. 지금 그가 할 수 있는 일의 전부였다.

남궁수 역시 사정은 마찬가지였다.

아니다. 오히려 선봉의 운자조보다 더욱 심한 악전고투를 벌여야만 했다. 보통 그렇듯이 그녀의 용자조가 맡고 있는 후방 쪽은 아예 조용하거나 무시무시한 공격을 당하거나였다. 전술상 그리 정해져 있었다.

이번엔 후자였다.

"자신의 무(武)에 결코 후회가 없도록, 최선을 다하라!"

남궁수는 수중의 청류하로 창룡육격참의 절초를 연달아 쏟아내어 적장을 베어 넘긴 후 차게 외쳤다. 옥이 부서지는 것처럼 후방으로 꾸역꾸역 밀려들고 있는 적의 타격대를 막아내게끔 휘하의 용자조를 독려한 것이었다.

"우와아! 남궁 조장님!"

"남궁 조장님의 뒤를 따르겠습니다!"

용자조는 용기 백배한 상태였다.

그들은 대부분 창룡 남궁검가의 무사이거나 아주 친분이 돈독한 가문 출신들이었다. 개중에는 남궁수를 아주 오랫동안 흠모해 왔던 자들도 적지 않았다.

그녀가 스스로 앞장서서 싸움을 독려하는데 목숨을 아끼며 뒤로 빠질 자는 누구 한 명 존재하지 않았다. 설혹 눈앞에 지옥도가 존재한다 할지라도.

결국 남궁수에게 낭인들의 공격이 집중되기 시작했다. 그녀의 놀랄 만한 무위와 용자조 무사들의 열광적인 반응을 보고 최우선적으로 처리해야 할 목표임을 눈치챈 것이다.

슈악! 슈아아악!

후방을 타격하러 온 강병이다. 제대로 목표를 정하자 행동은 빠르고 공격은 거셌다. 거침없이 남궁수를 향해 왜도를 날려왔다. 여인이란 점에 대한 고려는 전혀 보이지 않았다.

'훌륭하구나!'

오히려 남궁수는 마음이 크게 즐거워졌다.

창룡검가를 떠나 비무행을 하는 동안 그녀를 가장 괴롭혔던 건 자신이 '여자'란 점이었다. 어떤 상황에서도 항상 처음부터 최선을 다하지 않는 상대 때문에 마음 한구석에 허전함을 느껴왔다. 진정으로 한 사람의 무인으로 인정받지 못한다고 여긴 까닭이었다.

전장은 다르다.

적아가 혼재된 이곳에서 남녀의 차이는 없었다.

피로 피를 씻는 싸움, 그 속에서 오로지 진정한 가치를 발하는 건 진심진의로 닦고 가다듬은 차갑고 강한 무위였다. 그것만이 오로지 그녀를 지켜주고 있었다. 동료를 지켜줄 수 있었다. 적을 베어 넘기고 삶을 보장해 주고 있었다.

단순명쾌한 진실이다.

복잡한 사실 관계의 확인 따위는 존재치 않았다.

오로지 수중의 청류하로써 입증하면 되었다. 그렇게 싸움 속에 자신을 매몰하면 되었다. 그러기 위해서 몸을 움직이고 검날을 날리고 적을 베어가면 충분했다.

'즐겁다!'

남궁수는 진심으로 소리치며 극한까지 창룡육격참을 쏟아냈다. 전장 속에서 자신의 진정한 자리를 찾아나가고 있었다.

주르륵!

유백온의 이마에선 어느새 굵은 땀 한 방울이 흘러내리고 있었다.

중군.

언제나처럼 그에게 맡겨져 있었다. 좌군의 신창부대와 우군의 풍자조와 함께 점차 강해져만 가는 해월낭인대의 총공세를 버티고 또 버텨야만 했다. 그게 그에게 주어진 가장 큰 임무였기 때문이다.

'도대체 언제까지 이런 식으로 버텨야 하는지 모르겠구나. 아니, 언제까지 버틸 수 있을지 모르겠다고 해야 하려나? 이 엄청난 대병력의 집중 공격 속에서……'

유백온의 시야 속으로 들어오고 있는 광경은 그야말로 아비규환, 그 자체였다.

선봉의 운자조와 후방의 용자조의 용전분투에도 불구하고 천룡영웅대의 포진은 점차 축소되고 있었다. 좌군의 신창부대가 순식간에 괴멸적인 타격을 입은데다 우군의 풍자조 역시 고전을 면치 못하고 있었기 때문이다.

　이는 해월낭인대의 대병력을 맞이한 직후, 엽자건이 천룡영웅대의 포진을 원진에서 안행진(雁行陣)으로 바꾼 데 가장 큰 원인이 있었다.

　전체가 둥그렇게 원을 형성한 채 유기적으로 움직이며 방어진을 구축하고 있던 것을 좌군과 우군을 불쑥 앞으로 튀어나와 적의 예봉을 막는 방식으로 바꿨다. 문제가 크게 발생하지 않을 리 만무했다.

　다만 덕분에 선봉과 후미는 조금 여유가 생겼다. 단숨에 괴멸적인 타격을 가할 만큼의 총공세로부터 약간이나마 자유로워진 채 싸움을 벌일 수 있게 된 것이다.

　'하지만 이런 식의 진 운용은 극약 처방이나 다름없다. 기러기의 양 날개가 꺾이는 순간 선봉과 후미 역시 단숨에 무너져 버릴 수밖에 없기 때문이다. 그걸 엽 무상이 모를 리 만무하건만, 어째서 이런 말도 안 되는 짓을 지시한 것일까?

　안행진은 천룡영웅대가 결성된 후 가장 많이 연마한 진형 중 하나였다. 네다섯 배에 달하는 적과 전면전이 벌어지더라도 얼마든지 방어해 낼 수 있고, 기회를 봐서 반격 역시 펼칠 수 있는 진형이기도 했다.

　단! 현재 천룡영웅대가 맞닥뜨린 해월낭인대의 병력은 거진 열 배에 근접해 있었다. 그것도 여태까지의 간만 보던 공격이 아니었다. 총공세였다. 안행진으로 역습을 노리는 전법을 펼칠 만한 상황이 절대 아니었다.

그 점을 누구보다 잘 알고 있기에 유백온은 입술이 바짝바짝 말라왔다. 시간이 갈수록 안행진의 두 날개인 신창부대와 풍자조의 병력이 눈에 띌 만큼 줄어들어 가고 있었다. 그걸 빤히 지켜봐야만 하고 있는 현실이 너무 고통스러웠다.

'차라리… 전장의 한복판에서 피를 뿌리며 미치도록 싸울 수 있다면…….'

유백온은 자신에게 중군을 덜렁 맡겨놓고 종적을 감춘 엽자건을 떠올리며 이를 악물었다. 동료들의 죽음을 그냥 바라보고만 있어야 하는 현실이 너무 잔혹하게 느껴졌다. 지독한 무력감과 함께 그런 감정에 휩싸여 있었다.

그때다.

결국 최약체인 신창부대의 한쪽 귀퉁이가 해월낭인대의 낭인들에 의해 돌파당했다. 수중에 한 자루 왜도를 든 조그맣고 살기등등한 낭인들이 맹렬하게 파고들어 왔다. 아예 중군까지 진격해서 이번 전투를 끝장내 버릴 기세였다.

'그렇게 놔둘 순 없다, 절대로.'

유백온이 재빨리 중군의 호자조를 움직였다. 자신과 함께 침식을 같이해 온 형제 같은 무인들의 일군으로 신창부대를 보완하게 했다. 어떻게든 현재의 안행진 상태를 지켜내는 것이 그가 엽자건에게 받은 임무였기 때문이다.

"우와아아!"

"쪽바리들을 무찌르자!"

무당파와 강북 육우 가문들의 무사들이 중심이 된 호자조의 무위는 신창부대에 비할 바가 아니다. 양가신창보에서 억지로 끌어모은 자들이 아닌 무림 정예였다. 위세나 사기에 있어서 아예 비교 자체가 되지 않았다.

"크악!"

"크어억!"

순식간에 신창부대의 한 귀퉁이를 뚫고 중군으로 몰려들던 낭인들이 도륙당했다. 비명성 속에 피를 쏟아내며 무너져 내렸다. 압도적인 무력의 차이가 낭인들의 기괴한 살기와 왜도의 날카로움마저 무용지물로 만들어 버렸다.

그렇게 다시 균형을 찾은 진형.

가까스로 한숨을 돌린 유백온이 다시 연달아 명령을 내려서 양 날개를 강화시켰다. 선봉과 후미가 단단하게 자리를 지키고 있는 것에 내심 크게 감사하면서, 그리했다.

*　　　*　　　*

정오를 조금 넘긴 시각.

새벽을 기해 천룡영웅대에 대한 총공세를 명한 귀견은 인상을 잔뜩 일그러뜨리고 있었다.

오천의 대병력이 총공세에 나섰다.

벌써 한참 전에 승부는 결착이 났어야만 했다. 소주인 야규 무네노리의 전사 보고와 함께 말이다.

오판이었다.

놀랍게도 새벽부터 시작된 총공세는 정오를 넘겨서까지 계속되고 있었다. 다섯 개나 되는 해월낭인대의 천인대들이 고작해야 육백이 될까 말까 한 숫자의 천룡영웅대의 방어를 뚫지 못하고 있다는 뜻이었다.

'으음, 공성전도 아니고, 이 무슨 추태란 말인가. 하지만 정말 예상 밖이로구나. 그냥 무력이 빼어난 인물이 몇 명 섞여 있는 줄 알았더니, 병력 운용 역시 유군에 결코 못하지 않을 줄은 몰랐구나.'

유대유와 척호가 이끌던 유군.

해월낭인대의 주력을 이끌고서 귀견은 몇 차례나 그들과 접전을 벌여왔다. 일진일퇴를 경험하며 악전고투해 왔다. 생각만 해도 치가 떨릴 지경이면서도 내심 크게 인정할 수밖에 없었다. 그 정도로 난적이었기 때문이다.

그런데 놀랍게도 그는 지금 천룡영웅대를 유군에 비견하고 있었다. 거의 열 배나 되는 병력으로 단숨에 이기지 못하는 것에 대한 자괴감의 발로였다.

톡! 톡!

문득 귀견이 자신의 이마를 손가락으로 몇 차례 두들겼다. 어떻게든 수를 내어서 눈엣가시 같은 천룡영웅대를 몰살시켜야만 했다. 그러기 위해서 머릿속을 열심히 혹사시키고 있었다.

바로 그때다.

여전히 이마를 두들기는 동작을 멈추지 않던 귀견의 손가락 하나가 갑자기 공중으로 둥실 떠올랐다. 길쭉한 핏방울 역시 뒤따라 점점이 대기를 수놓았다.

느닷없이 벌어진 일이다. 이유나 원인 역시 모른다. 그래도 귀견은 바닥을 굴렀다. 살기 위해서였다. 해월왕을 따르며 무수히 많이 경험한 실전이 그로 하여금 그런 일을 강요했다.

번쩍!

그 순간 귀견의 머리가 위치해 있던 부근에서 시퍼런 전광이 스쳐 지나갔다.

도강이다. 최초의 일격으로 귀견의 손가락을 절단한 그 막강무비한 절학이 이번엔 목을 노렸다. 촌각 만에 귀견의 목숨을 취하려 했다.

데구루루!

미친 듯 바닥을 굴러 불현듯 가해진 도강의 기습을 피한 귀견이 순식간에 신형을 바로 세웠다.

그의 손에는 어느새 대태도가 차가운 한광을 발하며 들려 있었다. 바닥을 구르는 와중에 자신의 키만 한 대태도를 뽑는 신기를 보인 거다.

"칙쇼!"

귀견의 입에서 버럭 대갈이 터져 나왔다.

눈앞의 상대는 초절정의 고수였다. 자신 혼자만으론 결코 상대가 되지 않는다. 원군을 불러들여야만 했다. 귀살인도의 당주인 환야 같은.

그 순간 다시 예의 전광이 일었다.

번쩍! 번쩍!

이번에는 귀견이 목표가 아니었다. 그의 일갈을 듣고 막사 안으로 뛰어든 호위 무사 두명의 목이 거의 동시에 공중으로 솟아올랐다. 역시 무시무시한 도강이 휩쓸고 지나가며 벌어진 일이었다.

'거의 주군만큼 강하지 않은가!'

귀견의 두 눈이 부릅 뜨여졌다.

이런 식으로 능수능란하게 도강을 사용할 수 있는 고수는 그의 평생에 걸쳐서 단지 두 명을 알고 있을 뿐이었다. 다시 한 명을 만나게 되자 등줄기로 소름이 다닥거리며 일어났다. 강렬한 죽음의 향기와 함께.

까닥!

천살마도 이염이 목을 한차례 푼 후 누런 이를 드러내며 웃어 보였다.

"쪽발이 주제에 제법이군."

"칙쇼!"

귀견의 입에서 욕설이 터져 나왔다. 그러면서 수중의 대태도를 눈썹 위까지 치켜올린다. 그가 면허를 받은 북천일도류(北天一刀流)의 기수식을 취해 보인 것이다. 상대가 안 되더라도 최선을 다해 반격을 가해볼 요량이었다.

이염에게는 그저 우스울 뿐.

그는 여전히 입가의 미소를 지우지 않은 채 수중의 청룡도에 예기를 실었다. 시간을 끌면 곤란하다. 바로 목표로 했던 귀견을 죽이고 이곳을 빠져나갈 작정이었다.

한데, 그의 청룡도에 다시 도강이 실린 것과 동시였다.

푸슉! 푸슉!

적막마저 감돌던 막사의 외벽 속에서 갑자기 흐릿한 귀영이 모습을 드러냈다. 이유가 없을 리 만무하다. 귀영의 양손에서는 두 개의 수라표가 격출되고 있었다. 목표는 이염의 목덜미와 청룡도를 든 손의 곡지혈이었다.

'늦어!'

귀견이 내심 폭갈을 터뜨렸다. 귀영의 정체가 환야임을 직감적으로 눈치챈 까닭이다.

더불어 그의 눈썹에까지 치켜 올라가 있던 대태도의 기다란 도신이 쏜살같이 이염을 노려갔다. 느닷없이 합공을 펼치는 형세가 된 거다.

카캉!

순간적으로 귀견의 대태도와 이염의 청룡도가 교차되었다. 아니다. 교차되었다고 느낀 순간 대태도는 졸단되었다. 명검이라 할 수 있는 수준의 날카로움을 지녔으나 도강을 견

뎌낼 수는 없었다.

"크헉!"

귀견의 입이 크게 벌어졌다. 대태도를 자른 청룡도의 도강은 그의 가슴까지 갈라놨다. 단 일 격 만에 그리되어 버렸다. 환야의 암습을 이염은 전혀 개의치 않은 까닭이다.

이유가 없을 리 만무하다.

환야의 이염에 대한 암습은 중간 단계에서 실패했다. 그의 배후를 노렸던 수라표는 회수되어야만 했고, 그 자신은 상당한 중상까지 당했다. 그가 모습을 드러낸 것과 동시, 막사의 외벽을 뚫고 등장한 엽자건의 삼절마곤에 어깨뼈를 격타당했기 때문이다.

빠각!

뼈가 박살 나는 격타음 속에서 환야의 귀영 같은 신형이 미세한 흔들림을 보였다. 지독한 고통을 참고서 귀살인도의 환마류를 이용해 위기를 넘기려 한 것이다.

그렇게 놔둘 엽자건이 아니다.

"그런 짓은 벌써 몇 차례나 경험했거든!"

"……."

엽자건의 손에서 패왕검이 날아갔다. 시야 속에서 사라지는 환야의 몸을 그대로 꿰뚫어 버렸다, 한 치의 망설임도 보이지 않고서.

푸확!

피분수가 터져 나왔다. 엽자건의 얼굴까지 뿜어져 왔다. 패왕검이 환야의 심장을 터뜨려 버리기라도 한 것일까?

'빗나간 건가?'

냘름 혀로 입가에 묻은 피를 빨아 보인 엽자건의 신형이 일순 두 개로 나뉘었다.

흔들.

부동무상이다. 재차 자신의 얼굴로 날아드는 피의 운무를 그렇게 피해냈다. 이 역시 인자들이 잘 쓰는 기교 중 하나다. 곧 이어질 공격에 대비하지 않을 수 없었다.

과연 그랬다. 그의 판단이 옳았다.

반대편 외벽에 꽂힌 패왕검에는 핏방울 하나 맺혀져 있지 않았다. 가짜 피였다.

촤촤촤악!

순간 여전히 가시지 않은 피의 운무 속에서 음유한 공격이 연속적으로 펼쳐졌다. 모두 엽자건이 부동무상을 펼치기 직전에 머물렀던 장소로 집중된다. 하나같이 일격필살의 위력이 담겨 있는 환마류의 살법들이었다.

그러나 그때 이미 엽자건의 신형은 반대편으로 이동한 상태.

부아앙!

삼절마곤이 다시 요란한 곤명을 일으켰다. 이번에는 태산을 무너뜨리는 듯한 곤압 역시 깃들여져 있다. 단숨에 막사 전체를 날려 버릴 만한 위력을 뿜어낸 것이다.

콰콰쾅!

진짜로 막사가 통째로 날아갔다. 삼절마곤에서 일어난 곤압이 순간적으로 와선의 회오리를 만들며 막사 내부를 진공으로 변화시켰다가 단숨에 역류시켜 버렸다.

후득! 후드드득!

폐허화되어 버린 막사의 잔재 속에서 엽자건이 모습을 드러냈다. 그의 손에는 여전히 삼절마곤이 들려져 있었으나 더 이상 주변을 압도하던 패도는 존재하지 않았다. 방금 전의 일격 이후에 진기를 거둬들인 까닭이다.

'놓친 건가?'

환야의 종적을 완전히 놓쳐 버린 엽자건의 눈빛이 깊게 가라앉았다. 지난밤에 상대했던 환월과 동급의 인자가 아직도 후방에 남아 있으리라곤 상상조차 하지 못했다. 완전히 예상 밖의 결과였다.

그때 저만치서 먼지와 피를 잔뜩 뒤집어쓴 이염이 이죽거리듯 다가들었다.

"크크크, 잘난 체는 혼자서 다 하더니, 인자 새끼 하나를 해결하지 못하고 놓친 거냐?"

엽자건이 삼절마곤을 거두며 퉁명스런 시선을 던졌다. 뒤이어 흘러나온 목소리 역시 그에 못지않다.

"목숨을 구해준 은인에 대한 태도가 너무 불손한 거 아닙니까?"

"목숨을 구해준 은인?"

"방금 전의 암습, 설마 혼자서도 피할 수 있었다고 주장하려는 겁니까?"

"당연하지!"

뻔뻔한 이염의 대답에 엽자건이 피식 웃어 보였다. 그의 이같은 성격은 제법 마음에 든다.

"뭐, 일단은 그렇다고 해두도록 하지요."

"일단은?"

"예, 일단은! 곧 후방으로 병력이 몰려들 테니, 이만 떠나도록 하죠. 이만큼 크게 소란을 떨었으니, 적어도 천인대 하나 정도는 천룡영웅대에게서 이탈시킬 수 있을 겁니다."

"그렇다 해도 사천이나 남았다. 천룡영웅대의 어린 아해들이 진을 유지한 채 버틸 수 있는 시간은 그리 많지 않을 거야."

"앞으로 반나절만 더 버티면 됩니다."

"반나절? 설마 네 녀석, 나 말고 다른 녀석들도 척후로 내보낸 것이냐?"

"뭐, 그런 셈이죠. 이 호법만 믿고 천룡영웅대 전원의 목숨을 걸 수는 없으니까요."

"흥!"

이염이 두 눈을 크게 부라리며 냉소했다. 엽자건의 주도면밀함에 언짢은 기분보다 감탄이 절로 나온다. 무공은 둘째 치고 전장에서 보이는 냉정함은 가히 타의 추종을 불허할 만하다는 생각이 들었다.

그때 저 멀리서 뽀얀 먼지구름이 일어났다.

엽자건의 말대로다.

족히 천 명쯤 되는 병력이 후방으로 화급히 움직이고 있었다. 야규 무네노리를 고문해서 얻어낸 몇 안 되는 정보 중 하나가 꽤나 정확하게 들어맞았다.

"그대로 저 녀석들한테 달려들어서 천인장의 목을 베는 것도 좋겠지만, 역시 다른 부대의 후방을 공격하는 편이 낫겠지요?"

"천 대 일로 싸운다 해도 자신있다는 듯한 표정이구나?"

"천 대 일이 아니라 이지요."

"난 빼줘라. 저 악귀 같은 녀석들을 오백 명이나 상대할 자신은 없으니까 말야."

"겸손하신 말씀."

"정확한 판단일 뿐이다."

"그렇군요."

엽자건이 고개를 끄덕이자 이염이 청룡도에 묻은 핏물을 낼름 혀로 핥았다. 천살마도란 별호에 충분히 어울릴 만큼 흉포한 모습이었다.

　　　　　*　　　*　　　*

"으웩!"

귀견의 입에서 핏덩이가 뭉클거리며 흘러나왔다.

가슴의 상처는 더욱 심하다. 거의 가슴뼈가 드러날 정도로 크게 벌어진 부위로 피와 장기가 엉켜 있는 모습이 언뜻언뜻 드러나고 있었다.

그러자 그를 부축한 채 신형을 날리고 있던 환야가 잠시 걸음을 멈췄다. 자칫 귀견이 숨을 거둬 버릴 것 같아서 먼저 응급처치라도 할 요량이었다.

귀견이 숨을 헐떡이며 고개를 가로저었다.

"계, 계속 가야만 해! 그놈들이 쫓아온다면 우리는……."

"걱정 마시오. 이미 충분할 만큼 따돌렸으니까. 아니, 그보다 애초부터 우리 뒤를 쫓아올 생각이 없었다는 편이 옳으려나?"

"…애초부터 우리 뒤를 쫓, 쫓아올 생각이 없었다고? 그게 무슨 소리지?"

"병법자(兵法者)로서 할 만한 얘기는 아니구려. 설마 죽을 때가 되었다고 머리까지 굳어버린 것이오?"

"큭!"

귀견이 환야의 조롱 섞인 말에 이를 악물었다. 고통 때문에 정신이 혼미한 상황임에도 그의 이 같은 말에 심장이 격한 분노를 일으킨다.

한데, 그때다.

여전히 무심냉막한 표정을 견지하고 있던 환야의 표정이 변했다. 그의 눈앞으로 예상조차 하지 못했던 인물이 모습을 드러낸 까닭이었다.

'어떻게 벌써 이곳에…….'

환야의 머릿속 사유가 채 완성되기도 전이었다. 그의 어깨에 부축되어져 있던 귀견의 동공이 크게 확장되었다. 느닷없이 심장에 틀어박힌 검은색 화살이 원인이었다.

"컥!"

다시 귀견의 입에서 핏물이 튀어나왔다. 이번에는 붉은빛이 아니다. 검게 죽어 있는 독혈이었다.

슉!

환야가 얼른 귀견에게서 신형을 떼어냈다. 그의 몸 전체가 곧 지독한 독 덩어리로 변할 것을 알고 있었기 때문이다. 귀살인도에서도 결코 해독약이 없다고 알려져 있는 비전의 극독에 의해서 말이다.

그와 동시다.

쉬아악!

귀견의 심장을 꿰뚫은 화살과 거의 동일한 속도로 한 자루 묵검이 날아들었다. 아니다. 그냥 날아든 게 아니라 한 명의 흑색 일색의 인물과 혼연일체가 된 채였다.

츄악!

칠흑의 검에 절단된 귀견의 목이 바닥을 힘없이 나뒹굴었다. 해월왕의 오른팔이라 불리던 병법자의 허망한 최후였다. 그 원인 제공자가 살수왕이라 불리는 새외칠마의 일좌, 마령귀사라는 점을 감안하지 않는다면 분명 그러했다.

"어떻게?"

환야가 의문 섞인 표정을 던지자 마령귀사가 귀견의 목에 굵은 소금을 뿌리며 대답했다.

"여태까지 본 가의 특급 인자 중 몇이나 당한 것인지부터 말하는 게 먼저 아니겠소, 숙부."

"수, 숙부? 설마 네가 날 귀살인도의 당주로 인정하지 못하겠다는 뜻인 거냐?"

"귀살인도의 당주는 암도와 묵검이 있는 자요. 선대가 정해준 자가 아니고."

"……."

환야가 그제야 마령귀사의 허리춤에 매달려 있는 소태도를 발견하곤 안색을 굳혔다. 귀살인도에서 아주 오랫동안 잃어버렸던 암도묵검이 마령귀사에 의해서 회수된 것이다.

꿈틀.

인자로서 환야의 실력은 결코 마령귀사에 못지않았다. 그렇다고 생각했다. 하지만 그건 어디까지나 암도묵검의 존재가 없을 때였다.

슥!

볼살을 한차례 이지러뜨린 환야가 정중하게 바닥에 부복했다. 귀살인도의 당주로서 마령귀사를 완전히 인정하고 자신의 지위를 깨끗이 포기한 거다.

마령귀사의 한쪽 입꼬리가 슬쩍 치켜올라 갔다.

"환월이 실패했다고 들었다. 다른 세 명과 더불어."

"소주가 사로잡히는 바람에 희생이 컸소이다."

"그럼 환월 역시 죽은 건가?"

"아직 확인하진 못했으나 본가의 율법대로 행했을 거라 생각하외다."

"그건 아깝게 됐군. 차대 당주를 낳을 만한 자질을 지닌 아이었거늘."

한차례 고개를 가로저은 마령귀사가 소금에 절여진 귀견의 머리를 보자기로 감쌌다. 애초부터 그의 머리통을 확보하는 게 목적이었음을 짐작케 하는 모습이다.

환야가 눈살을 찌푸리며 질문했다.

"당주, 어째서 귀견을 죽인 것인지 물어도 되겠소이까?"

"그보다 누가 그를 죽이라고 청부했는지가 궁금한 것일 테지?"

"그렇소이다."

"해월왕이다."

“……..”

환야가 침묵 속에 안색을 굳히자 마령귀사가 슬쩍 이를 드러내며 잔혹한 표정을 지어 보였다.

“본래 야규가는 무서운 집안이었고, 유성검문 역시 대단한 병법자를 무수히 양성해 냈다. 설마 귀견이 와호산에서 벌인 멍청한 짓거리를 예상치 못했을 거라 생각한 건 아닐 테지?”

“그냥 할복을 명하시면 되었을 터인데…….”

“할복하지 않았잖나? 더군다나 아주 불측한 마음까지 품었고 말야. 소주 야규 무네노리를 포기한다는. 그렇지 않나?”

“……..”

마령귀사의 눈 속에 담긴 비웃음을 환야가 침묵 속에서 받아들였다. 그에게 이곳의 사정을 알린 건 어디까지나 자신이었다. 후일 해월왕에게 들이밀 명분이 필요했기 때문이다.

완전한 오산이었다.

해월왕과 마령귀사는 이미 상당한 끈으로 연결되어 있었음이 분명하다. 그렇지 않다면 어떻게 이리 신속하게 오른팔이던 귀견을 제거해 버릴 수 있었겠는가.

마령귀사가 말을 이었다.

“이삼 일 사이에 해월왕은 직접 대병을 이끌고 이곳으로

올 것이다. 그 사이에 본 가와 관련된 모든 흔적을 지워 버리
도록.”

“그럼 이번 전투는…….”

“어차피 곧 유군 소탕전에 들어간다고 들었다. 곤왕 유대
유가 없는 유군, 말이다. 굳이 우리 귀살인도가 끼어들 까닭
이 없지 않겠나? 그리고 특히 환월을 비롯해 행방불명된 인자
들은 확실히 제거되었는지 직접 확인하도록.”

“존명!”

환야가 복명과 함께 고개를 숙여 보였다. 당주로 인정한 마
령귀사의 첫 번째 명이다. 따르지 않을 까닭이 없었다.

슥!

마령귀사가 신형을 돌려세웠다. 아니다. 그렇게 잔상을 남
겼을 뿐이었다. 그의 신형은 환야의 눈앞에서 순간적으로 모
습을 감춰 버렸다.

환마류 최고의 경지!

환마무흔경(幻魔無痕境)이 펼쳐진 것이다.

‘환월… 내 딸아…….’

환야가 자신의 하나밖엔 없는 딸 환월을 떠올리며 주먹을
강하게 쥐었다. 그녀의 죽음은 그의 뇌리 속에서 이미 기정사
실화되고 있었다.

*   *   *

두두두두두두!

대지가 울부짖었다. 땅거죽이 마구 흔들리고 귀가 멀어버릴 정도의 굉음이 잇달아 터져 나왔다.

더불어 일어난 거대한 흙먼지!

와호산 일대에서 죽도록 싸우고 있던 천룡영웅대와 해월낭인대의 네 개 천인대를 경악하게 만들기에 충분하다. 두 세력 모두 전혀 예상치 못했던 대병력이 등장하기 직전의 전조로 받아들여진 까닭이다.

"에퉤퉤! 뭐야! 이거 뭐야?"

목진풍이 목구멍까지 찬 흙먼지를 내뱉으며 두 눈을 동그랗게 떴다. 표정이 누렇게 뜬 것이 잔뜩 겁을 집어먹은 모습이 완연하다.

퍽!

곁에서 역시 흙먼지를 잔뜩 집어먹으며 싸우던 이가흔이 늘씬한 다리를 뻗어 목진풍의 엉덩이를 걷어찼다. 풍자조의 조장인 목진풍의 행동이 못마땅했기 때문이다.

목진풍이 얼른 표정 관리에 들어갔다.

그는 언제 겁을 집어먹었냐는 듯 양어깨를 있는 힘껏 폈다. 수중의 청죽봉에도 잔뜩 기운을 불어넣었고.

"별거 아니다! 별거 아니야! 어차피 사방이 왜놈들인데,

다시 한 떼거리가 몰려온다 해도 큰 문제될 건 없단 말이
다!"

퍽!

다시 이가흔이 목진풍의 엉덩이를 걷어찼다. 이번에는 잘
록한 허리에 손까지 가져다 댄 채 잔소리를 늘어놓는다.

"참 기운나게 하는 말을 한다! 어째 그리 생각이 없는 거
야? 좀 말할 때 생각 좀 하고 하라구!"

"크억! 그런 심한 소리를……."

"심한 소리인 줄은 아는 거야? 그럼 어서 풍자조 거지들 통
솔하는 데나 최선을 다해! 이런 곳에서 몽땅 죽이려고 절강성
까지 데려온 건 아니잖아!"

"그야 물론이다만……."

"또 자신없는 소리 하려고? 그런 짓을 했다가는 내 손으로
먼저 사형을 때려죽이고 말 거야!"

"…최선을 다해보마."

결국 풀이 죽은 목소리로 말을 끝맺은 목진풍이 수중의 청
죽봉을 붕붕 휘두르며 앞으로 달려나갔다. 느닷없이 일어난
굉음과 흙먼지에 놀라서 잠시 멈췄던 싸움이 다시 시작되는
순간이었다.

"못 말려!"

이가흔이 고개를 한차례 흔들어 보이곤 얼른 목진풍의 뒤
를 따랐다. 행동이 무척이나 신속하다. 와호산 부근에서 해월

낭인대와 전투가 벌어진 이래 줄곧 자신을 암중으로 보호해 준 게 목진풍임을 누구보다 잘 알고 있었기 때문이다.

그리고 잠시 뒤.

일방적으로 천룡영웅대를 공격하고 있던 해월낭인대의 측면이 격렬한 파열음을 내며 무너지기 시작한다. 말도 안 되는 공격에 의해서.

주(註)

병법자:일본의 검술가 혹은 검술사범을 부르는 호칭. 검술뿐 아니라 싸움과 전투에 관한 전반적인 기술을 숙련한 자를 말하기도 한다.

第五十四章
재회쌍웅(再會雙雄)

少林棍王

소림곤왕

"우와!"

엽자건은 자신의 뒤를 쫓던 해월낭인대의 천인대가 사분
오열되기 시작하자 입을 가볍게 벌렸다. 그의 눈앞에서 펼쳐
지는 굉장치도 않은 광경에 저절로 탄성을 발하게 된 것이다.

저 멀리, 느닷없이 일어난 진운의 저편!

수없이 많은 소떼가 미친 듯 해월낭인대 오 개 천인대의 후
미를 향해 몰려들고 있었다.

그냥도 아니다.

소떼의 몸에는 엄청난 불길이 매달려 있었다. 커다란 몸 전
체에 섶을 짊어진 채 불을 붙여서 해월낭인대 오 개 천인대를

향해 달려들고 있는 거다. 마치 성난 불꽃, 그 자체가 된 것처럼 말이다.

당연하달까?

끈질기게 저항하고 있는 천룡영웅대를 포위한 채 격렬한 공격을 감행하고 있던 해월낭인대는 난장판이 되었다. 엽자건이 떼어낸 천인대가 개중 여유가 있을 뿐, 나머지 사 개 천인대의 진형은 완전히 뒤집어졌다. 어찌해야 할 바를 모른 채 좌충우돌하는 형국이 되어버린 것이다.

"푸핫! 저거 장난 아니잖아?"

엽자건에게서 얼마 떨어지지 않은 장소에서 청룡도를 휘둘러대고 있던 이염도 감탄성을 터뜨렸다. 자존심 강하고 도도한 그의 눈에도 해월낭인대의 후미를 완전히 박살 내고 있는 불붙은 소쩨의 공격은 상상을 초월하는 것이었음이 분명하다.

싱긋.

엽자건이 근래 드물게 유쾌한 미소를 지어 보이곤 얼른 패왕검을 거꾸로 쥐어 들었다. 이염에게 한차례 눈짓을 던지는 것도 잊지 않았음은 물론이다.

"자, 이젠 역할 반전에 들어가도록 합시다!"

"역할 반전?"

이염이 의아로운 표정을 던졌다. 엽자건이 한 말의 의미를 이해하기가 쉽지 않아 보인다.

엽자건이 부언 설명했다.

"그동안 버티고 버텨서 망치가 날아들게 만들었으니, 이젠 모루의 역할을 버리고 반대로 망치가 되어야 하지 않겠습니까?"

"망치? 모루?"

"그냥… 더 이상 방어에 치중할 필요 없이 전면 공격에 들어가면 된다는 뜻입니다."

"미친놈! 처음부터 그리 알기 쉽게 말했으면 됐을 것을, 무슨 망치에 모루에 헛소리는 지껄이는지."

마구 욕설을 터뜨리면서도 이염의 눈에는 살기가 번들거렸고, 입가에는 미소가 어려 있었다. 무리도 아니다. 여태까지 줄곧 방어에만 치중하느라 근질거렸던 몸을 확실하게 풀게 되었으니 말이다.

'이런 못 말리는 싸움광 같으니라구!'

엽자건이 내심 고개를 가로저은 후 역시 눈에 활기 띤 기운을 담았다. 그는 천살지기의 주인이었다. 여태까지 포위섬멸전을 준비하느라 잔뜩 웅크리고 있던 만큼 제대로 싸우게 된 현시점이 즐겁지 않을 수 없었다.

"갑시다!"

"내기할까?"

"그런 어린애 같은 제안을 제가 들어줄 거라 믿으시는 겁니까?"

“당연하지!”

“후회하실 겁니다.”

엽자건은 어느새 패왕검을 역수로 든 채 앞으로 내달리고 있었다.

“치사한 자식!”

이염이 청룡도를 휘두르며 얼른 엽자건의 뒤를 따랐다. 느닷없는 후방 타격으로 대혼란에 빠져 버린 한 무리 양떼 속으로 피에 굶주린 늑대가 되어 뛰어든 것이다.

“후우!”

남궁수는 가볍게 한숨을 내쉬었다.

애검 청류하에 담겨 있던 압력이 갑자기 크게 줄어들었다. 거의 무아지경 속에서 검을 휘두르고 있던 그녀의 호흡에 이상이 생길 수밖에 없다. 더 이상 해월낭인대의 낭인들을 대상으로 검기를 뿜어낼 수 없게 되어버렸기 때문이다.

과연 그녀의 주변에는 어느새 커다란 공간이 만들어졌다.

어느 누구도 없이 홀로 거하게 된 거다.

악착같기가 지옥 유부에서 올라온 악귀나 다름없던 여태까지의 공격을 떠올리자니, 이해할 수 없는 상황이다. 저 멀리에서 일어나고 있는 엄청난 소동을 확인할 수 없다면 분명 그러했다.

다행히 남궁수의 시력은 범인을 훨씬 뛰어넘었다.

그녀는 곧 안력을 집중시켜서 해월낭인대의 공격의 흐름이 깨진 원인을 간파해 냈다. 며칠 전 와호산 부근에서 방어전을 시작하기 전 엽자건이 한 말이 드디어 현실로 이뤄졌음 역시 알 수 있었다.

'또 천룡위주의 말대로 되었구나! 그렇다면 이런 곳에서 시간을 보내고 있을 이유가 없다!'

엽자건을 떠올리자 곧 정신이 맑아졌다. 줄곧 무아지경 속에서 검을 휘두르느라 현실과 크게 유리되었던 의식이 선명해진 것이다.

"방어진을 지키는 것은 이것으로 끝이다! 용자조는 지금부터 전원, 내 뒤를 따라 공격에 나선다!"

"존명!"

"우와앗!"

줄곧 남궁수의 곁을 지키며 악전고투해 왔던 용자조원들의 입에서 함성이 터져 나왔다. 그동안 방어진을 굳힌 채 버티기만 하느라 쌓인 분노와 울분을 드디어 화끈하게 폭발시킬 때가 왔다는 생각이 든 까닭이다.

슥!

남궁수가 수중의 청류하를 높이 치켜올렸다. 돌격 명령과 함께 언제나처럼 그녀가 앞장서서 신형을 날리기 시작한 것이었다.

“뭐야, 이거?”

팽도진은 미친 듯이 앞으로 내달리다 못마땅한 표정이 되었다.

후방.

유백온이 맡고 있던 중군 쪽에서 커다란 깃발이 펄럭거리고 있었다. 선봉을 맡고 있는 운자조의 돌격을 허락하지 않겠다는 뜻을 알리는 신호였다.

불끈! 불끈!

팽도진의 어깨가 들썩거렸다. 방금 전까지 거의 숨이 턱에 찰 정도로 힘겹게 낭인들의 합공을 막아내고 있었다. 몇 군데 칼침을 맞기도 했다. 그 정도로 그가 맡은 선봉은 위험천만했다. 자칫 이곳이 자신의 무덤이 되는 게 아닌가 걱정될 지경이었다.

곧 사정이 바뀌었다.

파상공격을 해대고 있던 해월낭인대의 후방이 대혼란 상태가 되었다. 갑자기 엄청난 대공세를 당해서 앞뒤로 공격을 당하는 형국에 처한 때문이다.

당연히 팽도진은 이 기회를 놓치지 않으려 했다. 적극적인 공격을 가해서 아예 적장의 목까지 자를 생각이었다. 선봉장이란 건 바로 그런 맛에 하는 게 아니겠는가.

‘그런데 내 돌격을 가로막다니! 유백온 이 백면서생 같은 자식이…….’

심중의 불만으로 폭발 직전에 이른 팽도진의 곁으로 갑자기 한 명의 인영이 날아들었다. 여태까지 중군에서 천룡영웅대의 방어진을 줄곧 지휘하고 있던 유백온이었다. 그가 지휘관으로서의 역할을 포기하고 최전선에 모습을 드러낸 것이다.

휘리릭!

멋진 제운종의 동작으로 팽도진 앞에 떨어져 내린 유백온이 눈을 빛내며 말했다.

"팽 조장, 안행진의 두 날개가 움직이기 시작했소. 이제부터는 포위섬멸전에 들어갈 테니, 나와 함께 적장의 목을 취하러 갑시다."

팽도진의 눈에서 불꽃이 튀어나왔다.

"오랜만에 듣던 중 반가운 소리! 하지만 적장의 목은 선봉장인 내가 취할 테니, 유 조장의 몫은 없을 거요."

"실력으로 답하면 될 일."

"크악!"

팽도진이 노성을 터뜨리는 사이 유백온은 이미 검과 일체가 되어 앞으로 내달리고 있었다.

엽자건 대신 중군의 지회를 맡은 이래, 그는 항상 냉정을 유지하고 있어야만 했다. 지휘관으로서 절대 평정심을 잃어서는 안 되었다. 천룡영웅대 전원의 생사가 그의 양어깨에 달려 있었기 때문이다.

이젠 다르다.

드디어 기다리고 있던 전장의 격변이 시작되었다.

이젠 지휘관이 아니다.

한 사람의 피가 끓는 무인으로서 그는 검을 치켜들었다. 적장의 목을 베러 내달리고 있었다.

'질까 보냐!'

팽도진이 내심 크게 부르짖으며 유백온의 뒤를 황급히 쫓았다. 선봉장으로서 적장의 목을 남에게 빼앗길 마음은 전혀 없었다.

*   *   *

와호산의 정상.

큼지막한 덩치를 전갑으로 가리고 있는 척호의 등 뒤로 척가군의 선임 부장인 혁련성이 다가들었다. 그의 목소리 속에 다소간의 흥분이 깃들어 있었다.

"방금 성공적으로 적 천인대 세 개의 연계를 부수고 두 개는 고립시켰습니다. 제 휘하 척가군의 준비가 끝났으니 곧바로 중앙 돌파를 시작할까 합니다만?"

척호가 크게 격변하고 있는 전장을 꼼꼼히 살피다 반문하듯 말했다.

"중앙 돌파를 하는 데 내가 필요할까?"

"또 혼자서 따로 움직이실 작정이십니까? 이번 싸움은 꽤
나 큽니다만?"

"그래 봤자 이미 저 다섯 개 천인대는 사분오열해 있잖아?
혁련 부장과 척가군이 투입된다면 곧바로 중앙 돌파에 성공
할 테고, 나머지는 잔당 처리 정도가 되지 않겠어?"

"그러니 대장이 적장의 수급을 취해야 하지 않겠습니까?
자칫 엄한 놈들에게 공을 빼앗기게 되시면……."

"뭐, 괜찮지 않겠어?"

"대장!"

혁련성이 목청을 높이자 척호가 소지로 자신의 귀를 후벼
팠다. 귀가 아프다는 표현을 노골적으로 해 보인 것이다.

혁련성이 목소리를 조금 낮췄다.

"지난번에 절강성 도지휘사사에서 사람이 왔었지 않습니
까? 빨리 해월낭인대를 소탕하지 않으면 유군에 대한 지원을
중단하겠다는 말까지 했다고요!"

"그래서 이렇게 공적을 쌓기 위해 와호산까지 달려온 거잖
아?"

"적장의 수급이 필요하단 말씀입니다! 대장이 직접 자른
걸로 몇 개 정도 말입니다!"

"혁련 부장, 아직 공부가 부족하군."

"예?"

척호가 혁련성에게 설명하듯 말했다.

“저기 해월낭인대 천인대들의 움직임이 어때 보여?”

“완전히 뒤죽박죽입니다.”

“그래, 완전히 뒤죽박죽이야. 여태까지 우리를 지독스레 괴롭힌 천라지망을 펼치던 녀석들이라곤 생각되지 않을 정도로 말야.”

“설마 그 말씀은…….”

“저들 중에 적장은 이미 존재하지 않는다. 아마 암살을 당했거나 했을 테지. 해월낭인대의 수뇌부는 절대로 부하들을 버려둔 채 도망치지 않는 강골들이니까.”

“…그래서 따로 움직이시려는 겁니까? 누가 적장을 미리 제거했는지 알아보시려고요?”

“흥미가 동하는 일이잖아? 날 이곳 와호산까지 불러들인 자와 동일인인 것 같으니 말야.”

“…….”

혁련성이 입을 굳게 다물었다. 척호가 이미 결론을 내렸다는 생각이 든 까닭이다.

뿌드득!

척호가 거대한 몸을 한차례 비틀어 소리를 내더니, 혁련성의 어깨에 한 손을 얹어놨다. 입가에는 특유의 선 굵은 미소가 번져 나오고 있다.

“그러니까 좀 부탁하도록 하지.”

“빨리 돌아오십시오.”

"노력해 보지."

다시 히죽 웃어 보인 척호가 천천히 신형을 돌려세웠다. 방금 전까지 줄곧 그의 시선을 잡아끌고 있던 외따로 떨어진 천인대의 묘한 움직임이 이뤄지고 있는 방면이었다.

＊　　　＊　　　＊

일검일살!

엽자건은 수중의 패왕검으로 빠르게 시체를 양산하고 있었다. 삼절마곤을 접은 건 참마육합도가 훨씬 전장에선 쓸모가 많았기 때문이다.

'특히 이렇게 완전히 혼란에 빠져 버린 적진을 휘저을 때는 더욱 유용하단 말씀. 그런데 진짜 확실하게 포위섬멸전이 펼쳐졌구만. 이 지독스럽던 부상국 녀석들이 완전히 전의를 상실해 버렸으니 말야.'

엽자건은 염두를 굴리면서도 수중의 검을 결코 쉬지 않았다.

절강성으로 향하던 와중 알게 된 해월낭인대가 저지른 참상은 예상 밖으로 끔찍했다.

살인과 방화, 강간, 약탈 등등…….

그들의 잔혹한 만행은 엽자건이 몇 차례 경험한 바 있는 북방의 마적 떼보다 더하면 더했지 결코 못하지 않았다. 절강성을 비롯해 해안선을 따라서 형성된 지역 중 피해를 피한 곳이 드물 정도였다.

하지만 엽자건은 특별히 분노하진 않았다.

그가 사부 보종과 함께 휘젓고 다녔던 전장은 대부분 다 똑같았다. 상대가 인종, 종족의 차이가 있을 뿐 승리자가 패배자에게 행하는 폭거는 대동소이했다. 야만적인 습성과 행동 역시 마찬가지였다.

단! 엽자건은 향후 해월낭인대와의 본격적인 전쟁에 앞서 본보기를 보여야 할 필요가 있다고 여겼다. 확실하게 서전을 장식함으로써 앞으로 벌어질 본격적인 전쟁에서의 심리적인 우위를 점하려 한 것이었다.

'응?

엽자건의 패왕검의 움직임이 갑자기 멈췄다.

여전히 역수로 쥐어져 있는 검신.

마지막으로 남아 있던 핏물 한 방울이 주르륵 바닥에 떨어진 순간, 엽자건의 시야 속으로 한 명의 거한이 걸어 들어왔다. 주변을 완전히 진공 상태로 만들어 버리면서 말이다.

"크와악!"

"크에엑!"

"끄아악!"

전갑을 걸친 거한의 손에 들려진 장창은 연신 비명성을 양산해 내고 있었다. 여태까지 엽자건이 패왕검으로 만들었던 광경과 비교해 결코 떨어지지 않는 위력이다. 마치 전장의 신을 만난 것이나 다름없어 보인다.

'게다가 저 창법. 결점이 전혀 보이지 않는다. 아무렇게나 휘두르고 있는 것 같지만, 완벽하리만치 자신을 방어하고 있어. 산만 한 덩치와는 달리 꽤나 세심한 성격의 소유자란 뜻일 터.'

거한을 빠르게 살핀 엽자건의 눈에 이채가 어렸다.

전장의 한복판.

종종 이런 일이 벌어지곤 한다. 천하를 몽땅 뒤져도 찾기 힘든 호적수를 수천 명이 뒤엉켜 드잡이질을 벌이고 있는 상황 속에서 조우하게 되는 일 같은 것 말이다.

퍼퍽!

순간적으로 엽자건의 패왕검이 좌우로 움직였다. 그를 향해 파고들던 두 개의 왜도를 검면을 때리고 그 주인의 머리통을 날려 버린 것이다.

더불어 신속하게 움직인 발걸음, 마찬가지로 자신을 가로막고 있던 낭인들을 장창으로 쓸어버리고 있던 거한과의 거리를 좁혀들어 간다.

스스슥!

엽자건은 분영 또한 만들어냈다. 은연중에 부동무상을 펼쳐서 신형을 흩뜨리고 수중의 패왕검 역시 몇 개나 되는 검영을 만들어냈다.

참마육합도 최강의 초식인 참마수뇌옥(斬魔收牢獄)이다. 그것으로 거한의 진정한 실력을 시험해 보려 했다. 유치하지만 자신과의 실력 차를 확인해 보고 싶었기 때문이다.

움찔!

척호의 짙은 눈썹이 일순 가벼운 움직임을 보였다.

애병 풍아창(風牙槍)이 만들어낸 창영의 파도 속을 은밀히 파고들어 오는 기운이 느껴진다. 필시 강적이다, 여태까지 만난 적이 없었던.

'흠! 하지만 부상의 무공은 아닌 것 같은데?

크게 상관할 바 없다고 여겼다.

전장이다.

이런 식으로 강적과 조우하게 되는 일은 비일비재하다. 특히 수장인 유대유가 모습을 감춘 유군을 지속적으로 압박해 오던 해월낭인대와의 전투라면 더욱더 그러했다.

츄악!

설명이 길었으나 찰나간에 뇌리를 스쳐 간 생각일 뿐이다.

어느새 척호의 수중에 들려 있던 풍아창이 거센 회전을 일으켰다. 여태까지와 같은 전장의 창법이 아니다. 곤왕이라 불리는 사부 유대유에게 직접 전수받은 형초장검의 곤법이 처음으로 그 모습을 드러냈다.

쩡!

검과 창이 부딪치자 벼락이 우는 소리가 났다.

손끝에 전해져 오는 느낌 역시 여태까지와 같지 않다.

'짜릿하군!'

척호가 내심 부르짖으며 수중의 풍아창을 뒤집었다. 높이 치켜올렸다가 그대로 바닥으로 내리찍었다. 그렇게 함으로써 자신에게 흔치 않은 짜릿함을 선사한 검의 주인을 두 조각 내버릴 작정이었다.

엽자건 역시 비슷한 느낌을 받았다.

손아귀가 화끈해 온다. 불로 지진 것 같다. 패왕검을 수중에서 놓치지 않은 것만도 다행이란 생각이 들 정도다. 그 정도로 패왕검을 튕겨낸 창끝에 실려 있는 기력은 상상을 초월할 지경이었다.

'이 녀석은 진짜구나!'

감탄이 절로 터져 나온다.

잠시뿐이었다.

어느새 엽자건은 패왕검을 역수로 든 채 바닥을 구르고 있었다. 자신을 두 조각 낼 듯 내려쳐진 창의 일격을 피해내기 위함이었다.

더불어 바닥을 훑으며 위로 튀어오른 패왕검!

줄곧 역수로 쥐어져 있던 패왕검의 섬뜩한 날이 교활한 영사처럼 민활한 움직임을 보였다. 하늘에서 떨어져 내린 벽력과 같은 일격을 피하며 멋진 반격마저 선보인 것이다.

퍽!

반격은 성공하지 못했다. 무지막지한 일격과 동시에 완전히 무방비 상태에 놓여 있는 듯하던 척호의 발이 번개같이 내쳐진 까닭이다.

'케헥!'

엽자건이 얼른 패왕검을 거두고 구르는 방향을 바꿨다. 얼굴이 짓뭉개지는 걸 피하기 위함이었다.

사삭.

그렇게 순식간에 벌어진 두 사람 간의 거리.

비로소 서로의 얼굴을 확실하게 살필 수 있는 여유를 갖게 된 두 사람의 얼굴에 가벼운 놀람의 기색이 스쳐 갔다.

수년간의 헤어짐.

체격이나 외모, 전체적인 분위기가 사뭇 달라졌다.

하지만 전혀 변하지 않은 게 있었다.

엽자건의 마력적이란 말이 절로 흘러나오는 눈빛과 척호의 특징적인 선 굵은 미소였다.

"아호?"

"자건!"

거의 동시에 두 사람은 부르짖었다. 의아한 기색과 이해할 수 없다는 표정을 한꺼번에 없애 버린 건 반가움에 겨운 환한 미소였다.

그와 동시였다.

퍼퍽! 퍼퍼퍼퍽!

순간적으로 움직임을 보인 풍아창과 패왕검에 의해 두 사람의 주변은 일시 무주공산이 되었다. 치열할 전투의 한가운데에 오로지 두 사람만을 위한 공간이 만들어진 것이다.

척호가 머리에 쓰고 있던 투구를 벗어 들었다.

엽자건 또한 얼굴을 가리고 있던 긴 머리를 뒤로 넘겼다. 각자 수년간의 세월 동안 변해 버린 친우에게 자신의 진면목을 내보이고 싶어서였다.

싱긋.

오랜만에 폐부 깊숙한 곳에서 흘러나오는 듯한 미소를 입가에 매단 엽자건이 척호에게 다가갔다. 이미 살기가 번들거리던 패왕검은 아래쪽을 향한 지 오래였다.

"아호, 현재 유군을 이끌고 있다던 척계광이란 젊은 장수가 바로 너였냐?"

"뭐, 그렇게 됐다. 그런데 자건, 너는 어떻게 된 거냐?"

"복잡한 일이 많았지."

"복잡한 일이라……."

척호는 당연하다고 생각했다. 생각해 보면 칠마에 의해 엽자건이 납치된 후 자신 역시 많은 일을 경험하지 않았던가.

그때 스윽 척호에게 다가선 엽자건이 은근한 표정을 한 채 말했다.

"네가 방금 전에 펼쳤던 곤법, 혹시 유 노사님의 형초장검인 거냐?"

“네가 어찌 그걸…….”

“내 스승께서는 소림사의 보종 대사님이시거든.”

“아!”

척호가 나직한 탄성과 함께 고개를 끄덕여 보였다. 사부 유대유가 자신을 제자로 삼기 전에 곤법을 가르쳤던 두 명의 소림승이 있다는 걸 떠올린 까닭이다.

엽자건이 입술을 심술궂게 일그러뜨려 보였다.

“그래도 나는 절대로 널 사숙이라 부르진 않을 거다!”

척호가 우람한 어깨를 으쓱해 보였다.

“본래 사부님의 형초장검의 곤법은 소림의 오호란에서 파생된 거라고 들었다. 그래서 사부님께서는 항상 소림사의 것을 소림사에 돌려보낸 것뿐이란 말씀을 하셨으니, 너하고 나 사이에 무림의 사승 관계를 들먹일 필요는 없다고 본다.”

“그러냐?”

“그래.”

척호가 다시 어깨를 으쓱해 보이곤 주변을 냉정하게 둘러봤다.

전장.

여전히 치열한 싸움판이었다. 아주 오래된 친우를 만났기는 하나 계속 시간을 끌고 있을 수만은 없었다.

엽자건 역시 뒤에 남겨두고 온 천룡영웅대가 걱정되기는 마찬가지였다. 절강성까지 자신의 뒤를 묵묵히 따라와 준 동료들이다. 이런 곳에서 개죽음을 당하게 만들고 싶진 않았다.

"그럼 재회의 기쁨은 잠시 뒤로 미루도록 할까?"

"그러지."

엽자건의 제안에 척호가 얼른 동조했다. 여전히 선 굵은 미소 또한 잊지 않는다.

'자식, 곰 같은 미소 하나는 여전하구만.'

엽자건이 척호의 어깨를 한차례 두드려 주곤 다시 패왕검을 들어 올렸다.

척호 역시 마찬가지다.

그의 풍아창이 치커올려졌다. 다시 전장의 폭풍 속으로 뛰어들 때가 된 것이다.

"타핫!"

"우아앗!"

곤산장에서 잡극을 수련할 때와 같이 맑은 일갈과 함께 두 사람이 반대 방향으로 신형을 날려갔다. 이미 뚜렷할 정도로 패주하기 시작한 해월낭인대를 아예 산산조각 내기라도 하려는 것처럼 그리했다.

＊　　＊　　＊

끝 모를 어둠 속.

환월은 완전무결하게 점혈된 채 깊은 침묵 속에 함몰되어져 있었다.

두려움?

그런 건 전혀 존재치 않았다.

어둠은 아주 오래전부터 그녀의 친구였다. 귀살인도에 들어와 인자 수업을 받는 동안 줄곧 그러했다. 어둠 속에 몸을 가두고 있는 동안은 절대 자신의 남과 다른 독특한 외양이 문제되지 않았기 때문이다.

'근데… 참 시끄럽구나……'

어둠과 함께 그녀의 좋은 친구로 적막이 있었다.

어느 누구의 말도 듣지 않아도 되고 괴롭힘을 당하지 않는 절대의 침묵은 어둠처럼 그녀를 포근하게 만들었다. 얼굴조차 기억나지 않을 만큼 오래전 헤어진 어머니의 품속처럼 따사롭고 부드러워서 항상 그 속에서 벗어나고 싶지 않을 정도였다.

덕분에 그녀는 수혈이 점혈된 혼곤함 속에서 점차 벗어나게 되었다. 귀살인도의 끔찍한 인자 수업이 그녀의 내성을 키워줬고, 결국 스스로 점혈을 풀어버릴 수 있는 힘을 줬다.

부들!

수혈이 풀린 것과 함께 환월의 손가락 끝이 미세한 움직임을 보였다. 그녀의 강력한 의지가 전신을 마비시키고 있는 마혈 역시 풀기 위한 움직임을 보이기 시작한 것이다.

그러나 거기까지였다.

엽자건의 내기 속에는 역근경과 세수경의 기운이 혼합되어져 있었다. 일반적인 방법으로 마혈을 풀기란 쉽지 않았다. 이렇게 정신을 차린 것만도 거의 기적적인 일이었다.

'역시 안 되는 건가……'

몇 차례에 걸쳐 귀살인도 비전의 환마류 명상법으로 막힌 혈도의 기맥을 뚫으려던 환월의 이마로 땀 한 방울이 흘러내렸다. 기력을 집중하는 동안 심력의 소모가 극심했음을 보여 주는 모습이라 할 수 있겠다.

결국 마혈 풀기를 잠시 뒤로 미룬 환월이 자신을 가두고 있는 어둠 속을 살피다 청력을 가다듬었다. 그녀를 혼곤함 속에서 벗어나게 만들어준 소란의 정체를 파악하기 위함이었다.

그리 오래 걸리진 않았다.

세밀한 부분까지 간파해 낼 수 있는 그녀의 청력은 곧 밖에서 벌어지고 있는 게 치열한 전투임을 알아냈다. 또한 자신이 마혈과 혼혈을 제압당하기 전에 당했던 일 역시.

'그 사람인가? 날 제압해서 이곳에 숨겨둔 건. 하지만 어째서?'

평생 처음 본 잘생긴 사내.

더군다나 귀살인도의 당주이자 사부인 환야어 버금갈 만큼 강하고 무서운 무위를 지니고 있기도 했다.

그런 사내에게 제압당했을 때 환월은 자살을 떠올렸다. 귀살인도의 인자인만큼 당연했다. 다른 동료 인자들을 그녀 역시 그리 다뤘으니까 말이다.

그 역시 실패했다.

그녀보다 그 잘생긴 사내가 더욱 빨랐다. 치밀했다. 노련했다. 마치 귀살인도의 인자라도 된 것처럼 쉽사리 독단을 제거해 버렸다.

그래도 그녀가 한 가지 성공한 게 있었다. 귀살인도 비전의 향낭을 열어서 자신의 냄새를 찾아낼 수 있게끔 만든 것이었다. 반드시 동료들이 찾아낼 수 있도록 말이다.

'그러니 어차피 나는 죽게 될 것이다. 내 위치를 찾아서 반드시 사부님이나 다른 인자들이 찾아올 테니까. 그게 귀살인도의 철혈율이니까. 근데 어째서 나는 자꾸 그 사람의 얼굴이 생각나는 걸까? 그 사람이 떠먹여준 죽 한 그릇이 어째서 머릿속에서 사라지지 않는 거냐고⋯⋯.'

환월은 가슴이 답답했다.

이런 기분은 처음이었다. 도무지 진정이 되지 않았다. 항상 죽음, 그 자체 속에 머물러 살아왔다. 이런 혼란스러움을 느낄 이유나 여가 자체가 존재할 수 있을 리 만무했다.

더군다나 그게 목표물 때문이라니!

있을 수 없는 일이었다. 있어서도 안 되는 일이었고.

그렇게 평생 처음 느껴보는 혼란 속에 환월이 심란해하고 있을 때였다. 갑자기 절대적인 어둠만이 머물러 있던 공간에 조그만 변화가 일어났다.

투둑! 투두두둑!

미세한 소음과 함께 환월의 얼굴 위로 몇 개의 도래 알갱이가 떨어져 내렸다.

공기 역시 마찬가지다.

절대적인 어둠을 형성하고 있던 공간만큼이나 정체되어 있던 대기가 기묘한 흔들림을 보였다. 공간에 틈이 발생했다. 어둠을 몰아내기 위한.

'침입자?'

언제 혼란을 느꼈냐는 듯 환월의 정신이 또렷해졌다.

이런 상황은 오히려 편하다.

몸속의 피가 뜨겁게 용솟음치고 머릿속은 지극히 차갑게 가라앉는다. 호흡 역시 마찬가지다. 언제 가벼운 파랑을 일으켰냐는 듯 고요 속에 자신을 감춘다.

특급의 인자라면 자연스런 반응.

어느새 환월은 자신을 가두고 있던 어둠과 하나가 되었다. 둘로 나뉘었던 쌍둥이가 서로 만난 것같이 약간의 이질감도 없이 그리 자신을 몰입시켰다.

그 순간, 미광이 환월을 향해 쏟아져 들어왔다.

어둠과의 동화율을 한껏 끌어올리고 있던 그녀로선 허를 찔린 것이나 다름없다. 이렇게 찰나의 틈도 없이 자신을 찾아낼 수 있는 자가 있으리라곤 상상조차 못했기 때문이다.

그렇다면 떠올릴 수 있는 가능성은 단 하나!

'귀살인도의 인자다. 그것도 최소한 나와 동급. 그렇다는
건……'

환월은 귀살인도의 특급 인자 중에서도 최고다.

어떤 인자도 그녀를 능가할 순 없었다. 당주인 환야가 인정
한 사실이니 의심의 여지가 없는 사실이다. 그런 그녀와 최소
한 동급이 될 수 있는 인자라면 쉽사리 머릿속에 떠올려질 수
밖에 없다.

과연 그랬다.

미광 속에서 무형의 화살처럼 모습을 드러낸 건 바로 귀살
인도의 당주이자 환월의 사부인 환야였다. 평상시처럼 흔들
림이 전혀 느껴지지 않는 눈빛을 한 채 그는 환월을 찾아냈
다.

'사… 부님……'

환월의 동공이 가벼운 확장을 보였다. 어둠과의 동화율을
여전히 유지한 상태로 사부 환야의 존재를 인지해 낸 거다.

환야 역시 환월을 발견해 냈다. 평상시와 달리 유일하게 밖
으로 드러난 그의 눈가에 가벼운 잔주름이 보인다. 마음의 격
동 때문이다.

'어째서 자진을 선택하지 않은 것이더냐! 어째서!'

환야는 잠시 애잔하게 환월을 바라봤다.

환월이 생각하는 것처럼 환야는 그녀를 인자 세계로 이끈

단순한 사부가 아니었다. 그녀가 얼굴조차 기억하지 못하는 친부였다. 난파된 화란(和蘭:네덜란드)의 상선에서 구출된 모친과 운명적인 사랑을 나눴던.

잠시 과거 유일하게 사랑했던 여인과의 기억을 더듬던 환야의 눈빛이 평상시의 무심함을 회복했다.

귀살인도.

그의 인생, 그 자체였다.

그곳의 율법 역시 마찬가지다. 결코 거역할 수 없고, 해서도 안 되었다.

'월아, 귀살인도의 인자답게 가거라!'

내심의 중얼거림과 함께 환야의 손끝으로 수라표 하나가 스르륵 흘러나왔다.

'사부님!'

순간 환월은 눈을 감았다.

사부 환야를 보자마자 직감했다, 그가 자신을 죽이기 위해 왔다는 것을.

한데, 이게 어찌 된 일인가!

번개보다 빠르다고 알려진 환야의 수라표는 시간이 지나도 환월의 미간을 향하지 않았다. 최후의 순간에 부정이 솟아나 그녀의 목숨을 살려주기로 마음먹은 것일까?

그렇진 않았다.

환월이 다시 눈을 뜬 것과 동시였다.

파락!

그녀와 얼마 떨어지지 않은 장소에 존재하고 있던 환야로부터 검은색 옷자락 하나가 떨어져 내렸다.

환마류 비전의 은영술, 흑매(黑每)!

곧 한 가닥 빛살 속에서 대여섯 개나 되는 검은 매화가 꽃비나 된 것처럼 흩날렸다. 마치 봄날이 되기 전, 마지막으로 가장 화려한 아름다움을 내보이려는 설죽매를 연상시킨다.

이유가 없을 리 만무하다.

흩날리는 검은 매화가 일순 거센 폭풍에 휘말려 산산조각 났다. 아예 애초부터 존재하지 않았던 것처럼 그리되었다.

콰릉!

더불어 모습을 드러낸 한 사람.

척호와 함께 해월낭인대의 오 개 천인대를 거의 몰살시킨 엽자건이었다. 그는 전투를 끝내자마자 곧바로 환월을 숨겨 뒀던 장소로 돌아왔던 것이다.

"멋지군."

엽자건이 삼절마곤을 내려뜨리며 나직이 중얼거렸다. 비꼬임이 아니다. 진짜 칭찬이다. 설마 이렇게 자신의 일격을 쉽게 피해낼 수 있을 줄은 몰랐기 때문이다.

그러나 곧 엽자건이 다시 삼절마곤을 든 손에 힘을 줬다. 지난번처럼 환야가 곧바로 도주한 게 아니란 걸 직감해서다. 어째서 그런지는 모르겠지만.

'그만큼 내가 사로잡은 예쁜 인자 아가씨가 중요하단 뜻인가? 먼저 사로잡은 녀석보다 더?'

확신은 못하겠다.

현재 중요한 것도 아니다.

일단 자신의 앞에서 완벽하게 모습을 감춘 특급 인자의 위치를 파악하는 게 우선일 터였다.

그때 엽자건의 배후로 섬뜩한 비침이 날아들었다.

목표는 환월이다. 손가락 하나 까딱 못하는 그녀를 반드시 죽이겠다는 의지가 깃든 공격이었다.

"그렇게는 안 되지!"

엽자건이 나직한 일갈과 함께 수장의 삼절마곤을 회전시켰다.

부아앙!

그러자 대기를 떨어 울리는 굉음과 함께 삼절마곤이 곤압을 사방으로 퍼뜨려서 일종의 거대한 기막을 만들어냈다. 그렇게 함으로써 자신과 환월, 모두를 방어해 냈다.

스슥!

곧바로 엽자건이 움직임을 보였다.

순간적으로 부동무상을 펼쳐서 환월의 허리를 낚아챈 그가 삼절마곤을 천지양단세의 방식으로 휘둘렀다. 또다시 환야의 암공이 그녀를 노릴 것임을 직감했기 때문이다.

콰릉!

다시 일어난 맹렬한 곤명에 대기가 진저리쳤다. 그리 멀지 않은 위치에서 전장의 뒷정리에 여념이 없던 천룡영웅대의 말단 무사라도 간파할 수 있을 만한 굉음이었다.

슉!

뒤이어 대지에 가볍게 떨어져 내린 엽자건이 이를 드러내며 웃었다. 앞으로 한동안은 환야의 암습을 걱정할 필요가 없을 거란 자신감의 표출이었다.

'이 사람은…….'

환월이 어느새 절반쯤 풀린 마혈의 영향 덕분에 눈꺼풀을 가볍게 떨어 보였다. 혈전의 영향으로 물씬 풍겨오는 피 내음 속 깊숙한 곳에 은은히 숨어 있는 사내의 향취를 느낀 순간 가벼운 어지러움을 느꼈다.

'…암혈독이구나!'

아마도 방금 전 엽자건이 삼절마곤으로 막아낸 독침 중 하나가 환월의 몸속에 파고든 것이리라. 환월은 귀살인도에서 가장 지독한 암혈독의 독기가 심장으로 파고드는 걸 느끼며 가벼운 아쉬움을 느꼈다.

삶에 대한 욕구 때문이 아니다.

그녀는 문득 자신의 목숨을 수차에 걸쳐 구해준 엽자건에게 관심이 생겼다. 그와 조금 더 시간을 보내며 그를 알고 싶어진 것이었다.

하지만 암혈독에 중독된 이상 끝이다.

곧 심장이 멈출 것이고, 엽자건의 잘생긴 얼굴 역시 더 이상 볼 수 없게 된다. 죽어버리게 될 테니까.

"우와아아!"

그 순간 저 멀리서 우렁찬 함성이 터져 나왔다. 척호 휘하의 척가군과 엽자건의 천룡영웅대 전체가 대승의 기쁨을 나누며 벌어진 작은 소동이었다.

第五十五章

초토화전(焦土化戰)

少林棍王

소림곤왕

밤.

치열한 혈전의 뒷수습이 대충 끝나가고 있을 무렵이었다.

암혈독에 중독된 환월의 목숨을 구하느라 진땀을 뺀 엽자건이 막사 밖으로 천천히 빠져나왔다. 어째서인지 안색이 가볍게 굳어 있다.

'마령귀사가 부상국 인자 출신이었던가…….'

뒤늦게 그녀의 몸이 불덩이처럼 뜨거워지고 있는 걸 깨달은 엽자건은 얼른 독상 치료에 나섰다. 사부 보종을 따르는 동안 갈고닦았던 독에 대한 지식과 세수경을 이용한 치료 방법이 큰 도움이 되었음은 물론이다.

　더군다나 환월이 중독된 암혈독은 꽤나 엽자건에게 익숙
했다. 사부 보종이 당한 마령귀사의 독과 특성 및 증상이 상
당히 비슷해서다.
　다만 한 가지 다른 점은 독의 농도였다.
　환월이 당한 암혈독은 보종에 비해서 상당히 소량이었다.
그것만으로도 충분히 촌각 만에 사람의 생명을 앗아갈 수 있
는 독이기 때문이었다.
　엽자건은 머릿속이 복잡해졌다.
　칠마 중에서도 마령귀사는 그가 가장 복수하고 싶은 대상
이었다. 사부 보종이 중독에서 벗어났고, 그 자신 역시 무위
가 한결 성숙해졌으나 과거의 분노는 여전히 남아 있었다. 다
른 칠마는 몰라도 마령귀사만은 반드시 자신의 손으로 죽여
버릴 작정을 한 지 오래였다.
　'결국 이렇게 될 운명이었던 건가?
　내심의 뇌까림과 함께 엽자건이 눈을 빛냈다. 해월왕과 마
령귀사 사이에 연관 관계가 있다면 이번 원정에서 처리할 일
이 하나 더 늘어난 셈이다.
　복수!
　아직 잊지 않고 있었다.
　그때 갑자기 엽자건이 신형을 옆으로 몇 걸음 옮겨냈다. 혼
자만의 생각에 빠져 있던 것치고는 상당히 신속한 움직임이
다. 애초부터 허점을 밖으로 드러낸 자체가 거짓이었던 것 같

은 모습이기도 하다.

그러자 뒤이어 몇 개나 되는 권각이 날아들었다. 제법 경력이 깃든 것이 제대로 맞았다가는 뼈마디 몇 군데 부러지는 건 일도 아닐 것 같다.

파팍! 파파파팍!

엽자건은 대수롭지 않게 피해냈다. 근래 무공이 크게 진일보하고 있는 그에게 애초부터 가당치도 않은 공격이었다. 딱히 위협조차 되지 않았다.

'그래도 계속 이러는 것도 귀찮고 하니……'

몇 차례 적당히 피해주고 있던 엽자건이 일순 긴다리를 쭉 뻗었다. 느닷없이 자신에게 달려들어 마구 권각을 날려대고 있던 이가흔의 다리를 걸어버린 것이다.

"악!"

이가흔이 짤막한 비명과 함께 바닥에 엉덩방아를 찧었다. 절정 급에 도달한 고수라곤 하나 연속되는 권각의 틈을 찔리자 여지없었다. 평범한 여인네처럼 중심을 잃고 바닥을 털썩 주저앉을 수밖에 없었다.

"나쁜놈!"

나직이 이를 간 이가흔이 재빨리 손바닥으로 땅을 짚고 일어났다. 엉덩방아를 찧은 게 창피한지 얼굴이 가볍게 달아올라 있다.

엽자건이 어깨를 으쓱해 보였다.

“뭣 때문에 또 그리 화가 난 거지?”

“몰라서 물어?”

“그런 것 같군.”

엽자건의 여전한 대답에 이가흔의 눈이 붉게 물들었다. 눈가에는 어느새 물기마저 촉촉하게 번들거리고 있었다.

“어째서 약속대로 풍자조로 복귀하지 않은 거야? 어째서 혼자서만 적진 한복판으로 뛰어든 거냐고!”

“혼자 아니었어.”

“그, 그럼 다른 조하고 함께 간 거야?”

“그렇진 않지만 제일 믿음직한 사람과 함께하고 있었다. 이 호법님과 함께 있었거든.”

“수, 숙부님과 함께 있었다고?”

“그래.”

대답과 함께 엽자건이 피식 하고 입가에 미소를 지어 보였다. 뒷말에는 다소 농이 섞여 있다.

“나는 바보가 아니야. 특히 전장에서는 더더욱 그래. 그러니 약속대로 풍자조로 복귀하지 않은 건 급변하는 전장에서 승기를 놓치지 않기 위해서였다는 정도로 이해해 줘.”

“그, 그랬으면 최소한 전투가 끝났을 때라도 빨리 돌아와서 무사한지 알려줬어야 할 것 아냐? 나는 네 모습이 계속 보이지 않아서…….”

“혹시 죽기라도 했을까 봐 걱정했나?”

"…그러면 안 돼?"

"……"

엽자건이 대답 대신 입가에 씁쓸한 미소를 매달았다. 이가흔의 열기 서린 눈빛을 보자 떠오르는 얼굴이 있다. 더욱 뜨겁고 매혹적이며 사랑스러운 감요진이었다.

'이 자식, 대답조차 하지 않다니……'

이가흔이 아랫입술을 꼬옥 깨물었다. 엽자건의 침묵과 고소가 무얼 뜻하는지 너무나 잘 알 것 같았기 때문이다.

그때 저 멀리서 남궁수가 모습을 드러냈다.

평상시 티 하나 묻지 않던 그녀의 백의 무복에는 점점이 붉은 핏자국이 수놓아져 있었다. 오늘 벌어진 혈전에서 얼마만큼 그녀가 용전분투했는지를 짐작케 하는 모습이었다.

움찔!

다시 엽자건에게 들이대려던 이가흔의 안색이 가볍게 변했다. 그녀의 천적이라 할 수 있는 남궁수의 등장에 자연스레 마음이 위축된 까닭이다.

'망할 년! 하필이면 딱 이럴 때 나타나는 거냐?'

속으로 욕설을 내뱉은 이가흔이 슬그머니 엽자건으로부터 떨어졌다. 전날 남궁수가 한 살벌한 경고를 아직 기억하고 있다는 의미였다.

그러거나 말거나 남궁수는 엽자건을 향해 미미하게 고개를 끄덕여 보였다. 평상시 감정의 기복이 크지 않던 조각 같은 얼굴에는 한 가닥 부드러운 기운이 담겨져 있었다.

"전장은 완벽하게 정리되었습니다. 혹시 부상당한 곳은 없으신지요?"

엽자건이 역시 고개를 끄덕여 보였다.

"난 괜찮소. 그런데… 이건 곤란하군."

"예?"

의아한 기색이 된 남궁수에게 엽자건이 스윽 다가들더니, 그녀의 가느다란 손목을 들어 올렸다.

"으음."

남궁수의 입에서 가벼운 신음이 흘러나왔다. 엽자건에게 붙잡힌 손목 부위가 벌겋게 부어올라 있는 것과 결코 무관하지 않으리라.

"역시 그렇군."

엽자건이 남궁수의 부어 있는 손목을 세심하게 살피며 눈매를 가늘게 만들었다.

검객의 생명은 손목이다.

그 손목과 팔뚝으로 이어지는 근육에 상당한 손상을 입었다는 건 향후 전투력에 막심한 손해가 될 게 뻔했다. 특히 그게 천룡영웅대의 실질적 이인자인 용자조자 남궁수에게 벌어진 일이라면 더욱 그러했다.

'필시 사람을 죽이기 위해 계속 무리해서 검을 휘두른 탓에 벌어진 일일 테지. 아무리 무력이 높은 무인이라도 전장에

서 계속 살인을 한다는 건 결코 쉬운 일이 아니니까 말야.'

멀리 갈 것도 없다.

엽자건 역시 전장에 익숙해지기 전에는 그랬다.

툭하면 부상을 당했고, 손목이나 다리 같은 부위에 피로가 쌓여서 며칠 밤을 신음하며 보내곤 했다. 전장에서는 결코 어느 누구도 돌봐주는 이가 없기 때문이다.

그런 면에서 남궁수는 운이 좋았다. 그녀의 곁에는 엽자건이 존재했다.

짜릿!

엽자건이 탄지신통에 세수경의 내력을 담아서 남궁수의 부어 있는 손목을 가볍게 어루만졌다. 추궁과혈(推宮過穴)이다. 자신의 내공을 이용해 남궁수의 손상된 근육에 활력을 불어넣어 주려는 의도였다.

"……."

남궁수의 눈빛이 몽롱하게 풀렸다.

엽자건과 함께하게 된 지가 얼마나 되었을까?

만남과 헤어짐을 반복하다 천룡영웅대의 천룡위주와 용자 조장으로 함께하게 되었다.

하지만 그의 마음속에는 이미 딴 여인이 담겨져 있으니!

줄곧 남궁수는 자신의 마음을 굳게 닫아건 채 엽자건의 곁을 배회하고 있었다. 그에게 어떤 것도 바라지 않고 그저 바라보는 것에 만족해 왔다. 그것만으로도 충분하다 여겼다. 그게 자신이 엽자건을 사랑하는 방법이라 여겼기 때문이다.

근데 이젠 아니다.

지금 이 순간 백치처럼 순수하던 남궁수의 마음속에는 작은 욕심이 생겨났다. 엽자건의 곁에 머무는 것만이 아니라 그의 여인이 되고 싶다는 욕망이 머리를 치켜올린 것이다.

뚜둑!

남궁수의 백치 같던 눈이 가벼운 이지러짐을 보였다.

적당히 손목 부근의 근육을 풀어준 엽자건에 의해 살짝 뒤틀려져 있던 뼈가 맞춰졌다. 고통이 없을 리 없다. 자그마한 욕망에 물들어 있던 그녀의 정신이 평상시대로 돌아오는 데는 충분할 정도의 자극이었다.

엽자건이 말했다.

"이제 손목을 돌려보시오."

"으음……."

다시 가벼운 신음을 토해낸 남궁수가 엽자건의 말대로 천천히 손목을 돌려보곤 해연히 놀란 표정을 지어 보였다. 방금 전까지 상당히 심한 통증이 남아 있던 손목이다. 어떻게 했기에 이리 말짱해질 수 있는 것인가.

엽자건이 만족한 표정이 되었다. 자신의 세수경 내기를 이용한 치료가 충분한 효과를 봤다는 판단이었다.

"통증이 완화되었다 해도 한동안 그쪽 손은 무리하지 않는 게 좋을 것이오. 검객에게 손목은 소중하니까."

“명심하겠습니다. 그런데 한 가지 보고할 사항이 있습니다.”

“말하시오.”

“천룡위주께서 사로잡았던 포로가 행방불명되었습니다.”

“전투 중에?”

“예, 전면전이 벌어진 직후의 혼란기에 그리된 것 같습니다. 그래서 현재 유 조장이 호자조를 중심으로 수색조를 편성하고 있습니다만…….”

“수색은 필요없소. 어차피 그자는 효용이 다한데다, 우리는 이미 유군과 합류했으니까.”

“하면 유 조장에게 수색조 편성을 그만두라고 전하겠습니다.”

“부탁하겠소.”

엽자건의 말이 끝나자마자 군례를 해 보인 남궁수가 슬쩍 이가흔을 바라봤다. 계속 엽자건에게 눌러붙어 있으려는 그녀의 의지를 느낀 까닭이다.

과연 이가흔은 굳세게 딴청을 해 보이고 있었다.

‘요년아, 그리 쳐다봐도 소용없다! 나는 얼굴이 아주 두껍거든! 그러니 얼른 샌님 같은 유백온한테나 가봐라!

‘……’

이가흔의 의지에 찬 곁눈질을 잠시 바라본 남궁수가 천천히 신형을 돌려세웠다. 이미 엽자건에게 명령을 받았다. 계속

눌러붙어 있을 순 없었다.

'어떤 의미로는 이렇게까지 할 수 있는 그녀가 부럽구나! 나는 절대 그렇게 할 수 없는 것을…….'

내심의 중얼거림과 함께 남궁수가 총총히 떠나갔다.

잠시 그녀의 뒷모습을 바라보고 있던 엽자건이 문득 이가흔에게 시선을 던졌다.

"이 부조장은 이곳에서 포로를 좀 돌봐주고 있도록 하시오."

"아니, 난……."

"극독에 중독된 후유증이 심각하니까 잠시도 눈을 떼지 말아야 할 거요."

"……."

미처 이가흔이 뭐라 반항을 보이기도 전에 엽자건이 빠르게 걸음을 옮기기 시작했다. 다음 전투에 앞서 만나봐야 할 사람이 있었기 때문이다.

*　　　*　　　*

"으으윽!"

야규 무네노리는 나직한 신음과 함께 정신을 회복했다.

몸 전체가 부서지는 것 같달까?

부상국을 대표하는 검가인 야규가의 후예이자 유성검문의

면허 소지자로서 항상 강철 같은 체력을 유지하고 있던 터다. 웬만해선 결코 육체적인 고통을 입 밖으로 내진 않는다.

다만 이번에 그는 매우 큰 고난을 경험해야만 했다.

평생 처음으로 포로가 되어 고문의 전문가라 할 수 있는 엽자건에게 모진 고난을 당했다. 강철 같은 몸에 남은 상흔은 여실하고 심력 역시 크게 소모되지 않을 수 없었다.

그래도 야규가의 피가 어디 가진 않는다.

야규 무네노리는 곧 이를 악물고 몸 전체를 휘감고 있는 고통에 저항했다. 더 이상의 신음을 끊고 점차 맑아져 오는 의식을 집중해서 자신의 현 상황을 인지하기 시작한 것이다.

그때 그의 귓전으로 예상과 크게 부합하지 않는 낯선 목소리가 흘러들어 왔다.

"무네노리 공은 애써서 몸을 움직이려 하지 마시오. 자칫 근맥의 손상이 회복할 수 없는 상황에 이를 수도 있을 터인즉."

'부상어. 더군다나 내 이름을 안다?'

야규 무네노리는 결코 바보가 아니다. 오히려 허월왕 야규 세이쥬로의 잠정적인 후계자로 여겨질 만큼 머리가 총명했다. 잠시의 침묵 끝에 그가 입을 열었다.

"그대는 누구의 휘하에 속한 자인가?"

"나는 누구의 휘하도 아니오. 아니, 적어도 해월왕의 휘하는 아닌 자요."

"그럼 어째서 나를 구한 것이지?"

"계약을 파기하는 조건을 충족시키는 데 무네노리 공이 필요했기 때문이었소."

"계약? 파기?"

"그렇소. 본 가 귀살인도와 해월왕이 맺은 계약을 정식으로 파기하기 위해서 나 마령귀사는 무네노리 공을 구한 것이오."

'마, 마령귀사!'

야규 무네노리의 눈이 커졌다. 새외칠마 중 한 명이자 중원의 살수왕이라 불리는 마령귀사가 귀살인도와 관련이 있을 거라곤 여태까지 상상조차 하지 못했기 때문이다.

그러거나 말거나 마령귀사는 여전히 속내를 읽기 힘든 표정을 견지하고 있었다.

점차 밝아오기 시작한 새벽의 하늘.

저 멀리 한 마리 해동청이 힘차게 날갯짓을 하고 있었다. 그가 여태까지 기다리고 있던 소식을 전달하기 위함임이 분명했다.

'환야의 은신술과 환마류 인술의 이해는 귀살인도 최고라 해도 부족함이 없을 터. 그런데도 이리 늦게 연락이 왔다는 건 뒷정리에 실패했다는 뜻이로군.'

마령귀사의 눈 깊숙한 곳에서 담담한 광채가 어렸다.

그는 전장의 혼란 속에 자신을 숨긴 채 천룡영웅대의 진에

침투해서 손쉽게 야규 무네노리를 구출했다. 해월낭인대의
오 개 천인대를 이용해서 다른 귀살인도의 특급 인자들이 실
패한 구출작전을 성공할 수 있었다.

　당연히 그는 자연스레 천룡영웅대의 예상 밖으로 탄탄한
전력을 간파했다. 환야가 이끄는 귀살인도의 인자들이 고전
한 이유를 대충이나마 알 수 있을 것 같았다.

　그렇다 해도 환야의 이번 실패는 뜻밖이었다. 대격전의 혼
란이 함께하기에 자신처럼 어렵지 않게 뒷정리를 끝낼 수 있
다고 여기고 있었던 것이다.

　'그렇다 해도 이미 화살은 시위를 떠난 것이나 다름없다.
이삼 일 내에 해월왕이 대군과 함께 몰려올 테니, 이번 싸움
은 이미 끝났다고 볼 수 있다.'

　내심의 중얼거림과 함께 마령귀사가 눈빛을 다시 특유의
회색빛으로 돌려났다. 더 이상 환야를 기다리지 않고 해월왕
과 합류하기로 마음먹은 것이다.

＊　　　＊　　　＊

　"많이 야위셨습니다."
　'많이 야위어?'
　척호는 약혼녀 양운정의 말에 멋쩍은 표정으로 뒤통수를
긁적였다.

딱 곰을 닮은 그의 몸집.

결코 야위었다는 말과는 어울리지 않는다. 만약 얼굴조차 기억나지 않는 부모님이라 해도 대놓고 그런 말을 내뱉지는 않을 성싶었다.

하지만 척호의 앞에 있는 건 양운정이었다. 전장의 한복판까지 그를 찾아올 정도로 깊은 열정을 얌전한 얼굴 깊은 곳에 숨겨놓은 그녀가 그렇다면 그런 것이었다. 반드시 수긍해야만 할 의무가 그에겐 있었다.

"정 매, 이곳까지 오느라 정말 고생이 많았소. 오히려 정 매의 얼굴이 수척해진 것 같아 걱정이오."

"엽 은공에게 많은 도움을 받았습니다. 줄곧 도보로 행군하신 다른 분들께서 계신데 줄곧 마차를 타고 온 소녀가 어찌 큰 고생을 했겠습니까?"

"그렇다 해도 정 매는 본래 건강이……."

"근래 많아 나아졌습니다. 소녀의 건강은 크게 심려치 마십시오."

"…그, 그렇구려."

양운정이 살짝 눈을 흘기자 척호가 얼른 고개를 주억거렸다. 그녀가 자신의 건강에 대해 신경 쓰거나 화제에 올리는 걸 무척 싫어한다는 걸 알고 있었기 때문이다.

"풋!"

양운정이 척호의 그런 모습을 보고 입가에 귀여운 미소를 매달았다.

빼어난 무력과 커다란 덩치를 지닌 척호.

전장에선 어느 누구보다 강력하고 위엄있는 그이나 양운정 앞에선 그저 풋내 나는 청년에 불과했다. 그의 이같이 순진한 모습은 양운정이 크게 사랑하는 일면 중 하나였다.

휘이이이잉!

갑자기 두 사람의 다정한 밀회를 시샘하기라도 하려는 듯 거센 바람이 불어왔다.

"어멋!"

양운정의 가냘픈 몸이 크게 흔들렸다. 자칫 바람에 떠밀려 쓰러지기라도 할 것 같다.

척호가 가만있을 리 만무하다.

그는 얼른 손을 뻗어 양운정을 감싸안았다. 정혼을 하고서도 줄곧 거리를 유지한 채 정을 나누고 있던 두 사람 간의 거리가 단숨에 좁혀진 것이다.

"정 매, 괜찮소?"

"……."

척호의 조심스런 질문에 양운정은 잠시 대답하지 못했다. 그의 너른 품 안에 포옥 안긴 순간 정신이 아득해졌다. 일순 어찌 답해야 할지 모르게 되었음은 물론이다.

그때 저 멀리서 엽자건이 모습을 드러냈다. 그의 입에서 가벼운 휘파람이 흘러나온다.

“휘이! 뜨겁구만! 뜨거워!”

‘자건…….’

척호가 엽자건을 발견한 것과 동시다. 어느새 정신을 회복한 양운정이 얼른 몸을 바동거려 척호의 품에서 벗어났다. 어느새 두 볼에는 붉은 기가 가득했다. 처녀 특유의 부끄러움이 활화산처럼 폭발해 버렸다.

“상공, 저는 이만…….”

“정 매…….”

척호에게 얼른 고개를 숙여 보인 양운정이 엽자건 쪽은 쳐다보지도 않고 황급히 막사 밖으로 뛰쳐나갔다. 자칫 달리다가 몸을 휘청거리는 게 상당히 위태로워 보인다.

힐끔.

엽자건이 양운정 쪽을 한차례 곁눈질하곤 척호에게 고개를 가볍게 흔들어 보였다. 입가에는 지극한 놀림의 기색이 완연하게 번져 나오고 있다.

“벌써부터 아주 꽉 잡혔구만. 하긴 저런 미인을 너 같은 곰탱이가 잡으려면 그 정도 노력은 필수였겠지만 말야.”

“정 매가 미인은 미인이지.”

“케엑!”

척호의 순순한 대답에 엽자건의 입에서 가래 끓는 소리가 튀어나왔다. 설마 이렇게까지 순수하게 자신의 놀림을 받아들일 줄은 몰랐기 때문이다.

"이거야 원, 놀리는 재미가 없게 만드는 성격은 여전하구만."

"놀린 거냐?"

"놀린 건지도 몰랐던 거냐?"

"지극히 당연한 말을 하기에……."

"됐구!"

엽자건이 더 들으면 정신이 쇄멸해 버릴 것 같은 위협을 느끼고 얼른 척호의 말을 끊었다. 표정 역시 일신되었다. 더 이상 놀림의 기색은 남아 있지 않다.

"척후로부터 보고가 들어왔다."

"나와 만난 후에도 계속 따로 척후를 운용하고 있었던 거냐?"

"당연하지. 그런데 별로 놀라지 않는군?"

"이곳으로 날 불러들인 너다. 그 정도쯤은 기본으로 깔고 들어가지 않으면 섭하지 않겠냐?"

"그도 그렇군."

엽자건이 천천히 고개를 끄덕여 보이곤 입꼬리를 슬며시 치켜올렸다. 척호와 함께라면 앞으로 아주 재밌는 싸움을 벌일 수 있겠다는 생각이 들었기 때문이다.

"얼마나 남은 것 같냐?"

밑도 끝도 없는 질문. 답은 곧바로 튀어나왔다.

"빠르면 이틀. 늦어도 사흘 이전에는 공격이 시작된다고 본다만?”

“비슷하군. 그럼 남은 건 한 가지뿐인가?”

“방어냐, 공격이냐?”

“퇴각이란 좋은 방법도 있다만?”

“여전히 이기적이군. 이곳에서 퇴각하면 곧바로 회계산이 돌파당하고 그다음엔…….”

“소흥과 항주 차례란 말이냐?”

“여차직하면 그리할 테지.”

“여차직하면이라…….”

엽자건이 말꼬리를 흐리며 턱밑을 손가락으로 쓰다듬었다. 척호가 한 말의 가능성에 대해서 진지한 고민에 들어간 것이다.

척호가 부연 설명하듯 말했다.

“항주는 천 년의 고도이자 강남의 물류가 모이는 대성시다. 만약 이곳이 털린다면 황궁에서도 커다란 규모의 토벌대를 보낼 수밖에 없을 거다. 하지만 그리되면 북방에서 날뛰고 있는 북원의 타타르와 후금의 대병을 견제할 힘이 약해질 수도 있으니, 중원 전체가 전화에 휘말려 들 위험을 감수해야만 한다. 그러니…….”

“그러니 황궁에서 토벌대를 보내기 전에 해월낭인대를 우리 선에서 해결해야만 한다?”

“그렇다. 하지만 내 힘만으론 어렵다.”

'요놈 봐라?'

엽자건이 은근슬쩍 눙치며 자신을 털려드는 척호를 보고 입가에 어이없다는 미소를 매달았다. 항상 곰처럼 우직하던 녀석이다. 여우같이 잔머리를 잘 굴리던 자신에게 수를 쓰려는 모습이 꽤나 귀엽게 느껴졌다.

그러나 본래 전장에서 위험은 피하는 게 가장 좋은 법!

'그것도 일군의 부대를 이끄는 수장의 입장이라면 더 생각할 것도 없다. 이번처럼 뒤로 물러설 수 없는 경우를 상정했을 때는 더더욱 그래.'

내심 고개를 가로저은 엽자건이 눈빛을 차갑게 가라앉혔다. 이제부터가 척호와 헤어진 후 변모한 그의 본모습이다. 더할 것도 없고 덜 것도 없는.

"나와 내 부대가 더해진다 해도 변할 것은 없다. 이런 식으로 방어전을 펼칠 수는 없어."

"다른 방도가 있다는 뜻이로군?"

"다른 방도?"

"절대 물러설 수 없는 싸움이다. 네가 그런 싸움을 앞두고 꼬리를 마는 걸 나는 한 번도 본 적이 없다. 그러니 그동안 생각해 둔 다른 방도를 얼른 털어놔 봐라."

"하하!"

엽자건이 헛웃음을 터뜨렸다. 잡극 공연 시에 관중의 시선을 크게 집중시켜야만 할 경우 잘 사용하는 방법 중 하나였다. 그리고 더욱 차갑게 가라앉은 눈빛이 된다.

"이길 방도가 없는 건 아니다. 하지만 네놈이 썩 좋아하지 않을 방도야. 그래도 좋겠냐?"

"설마… 부근을 몽땅 불태우려는 건 아닐 테지?"

"소흥까지 불태운다. 민가와 농경지 모두를. 그러면 아마 그로 인해 이 일대는 해월낭인대에게 약탈을 당한 것과 다름없는 처참한 상황에 직면하게 될 거다. 여태까지 절강성 일대에서 유군이 쌓아올린 좋은 명성 역시 땅바닥에 떨어질 건 불 보듯 뻔한 일이고 말야. 그래도 괜찮겠냐?"

"……."

척호가 잠시 뜨거운 눈빛으로 엽자건을 노려봤다. 그가 내세운 초토화 전법은 여태까지 유군이 가장 피해왔던 것이다. 멀리서 공격해 오는 적을 방어하고 교란하는 데 최상의 효과를 발휘하는 그 후유증이 너무 극심했기 때문이다.

더군다나 유군의 주축인 척가군은 어디까지나 절강성 일대 농부들의 자식들이 자발적으로 모여 형성된 부대였다. 자신들의 삶의 터전인 민가와 농경지를 불태우는 걸 용납할 수 있을 리 만무했다.

'그러나 그 방도밖엔 없다. 오 개 천인대가 전멸했다는 소식을 접한 해월왕은 필시 절강성에 집결한 해월낭인대를 전부 이끌고 이곳으로 달려오고 있을 것이다. 식량 등을 현지 조달하면서 말야.'

절강성에 집결해 있는 해월낭인대의 숫자는 이번에 전멸한 오 개 천인대를 제외하고도 거의 일만에 육박했다. 어쩌면 수천이란 숫자가 더 붙을지도 몰랐다.

당연히 그런 대인원을 이끌려면 상상을 초월하는 군량과 보급이 필수였다. 단기간에 집결하여 공격을 감행해야 하는 이번 싸움과 같은 때는 더욱 그러했다. 정예라고 해봤자 결국 해적이 모여 무리를 이룬 자들이었기 때문이다.

전장에서의 대원칙!

굶주린 병졸을 가지고는 절대 전쟁에서 이길 수 없다.

엽자건의 단순명쾌하면서도 냉정한 제안에 척호는 크게 마음이 흔들렸다. 패색이 짙던 해월낭인대와의 싸움을 일거에 뒤집을 수 있는 기회를 잡았다는 판단이었다. 잠시만 양심을 마음 깊숙한 곳에서 거둔다면 말이다.

흔들.

척호가 천천히 고개를 가로저었다.

"초토화 작전은 배제한다. 사부님께서 유군을 결성한 것은 어디까지나 죄없는 사람들을 해적들로부터 지키기 위함이셨으니까."

"네 생각 또한 그런 거냐?"

"물론이다."

"그러다 패하면 뒤에 남는 자들은 해월낭인대이게 무차별하게 도륙당할지도 모르는데도?"

“그때는 다른 자들이 나설 것이다. 지금의 우리는 단지 한 조각의 의기(義氣)를 남겨놓는 것으로 족해.”

“아, 그러서.”

엽자건이 어깨를 가볍게 추어 보였다. 좀 전에는 착각했다. 그의 하나밖에 없는 친우는 소주 곤산장 시절과 전혀 변하지 않았다. 여전히 우직하고 강하며 올곧았다.

‘그런 점은 나로선 절대 따라잡을 수 없는 점이지. 그러기도 싫지만 말야.’

내심 입술을 이지러뜨려 보인 엽자건이 눈살을 가볍게 찌푸리며 나직이 중얼거렸다. 한탄이다.

“그럼 지금부터 좀 피곤해지겠구만.”

척호가 눈을 빛냈다.

“역시 다른 수를 준비해 둔 게 있었구나!”

“뭐, 네 녀석이 초토화 작전 같은 걸 좋다고 받아들일 리 없으니까. 단!”

“단?”

“이 와호산 일대는 싹 불태워 버려야 한다. 지금 당장!”

“와호산 일대에는 민가나 농경지가 거의 없으니까 상관없다. 그런데 그것만으로 괜찮겠냐?”

“당연히 안 괜찮지. 지금부터 네가 아주 많이 고생해야만 한다. 소흥까지 전력으로 도주해야 할 테니까 말야.”

“뭐?”

"지금부터는 속도전이다. 네놈은 유군과 함께 도주하고, 나는 천룡영웅대와 함께 해월왕의 뒤통수를 때려대는 식의 속도전."

"……."

대화가 진행된 후 처음으로 척호는 엽자건이 한 말을 이해하지 못했다. 대충은 짐작했으나 단지 그것뿐이었다. 어떻게 해월왕과 그의 해월낭인대를 엽자건의 천룡영웅대가 교란할지에 대해선 전혀 짐작 가는 바가 없었다.

싱긋.

엽자건이 이를 드러내며 웃었다. 차갑게 가라앉은 눈빛과는 대조적으로 밝은 미소였다.

*　　　*　　　*

화륵!

해월왕은 방금 전 전해 받은 척후의 첩보를 불 속에 던져 넣은 채 눈매를 가늘게 만들어 보였다. 눈 깊숙한 곳에서 섬뜩한 한광이 번들거리고 있다.

'마령귀사의 말대로 진짜 귀견이 이끄는 오 개 천인대가 몰살을 당할 줄이야!'

귀견은 명실상부한 해월왕의 오른팔이었다.

외부에 알려진 것처럼 귀계가 특출나서는 아니었다. 병법자로서도 극히 빼어난 해월왕에게 있어 책사 같은 건 그리 큰 필요가 없었다. 그를 중히 쓴 건 오래된 가신이며 부상국을 떠난 자신을 줄곧 따랐던 충성심을 높이 샀기 때문이었다.

당연히 귀견의 죽음은 해월왕에게 깊은 상처를 남겼다. 장남이자 후계자인 야규 무네노리의 생사가 불투명한 상태임에도 그와 오 개 천인대의 몰살을 먼저 떠올렸을 정도였다.

그때 해월왕의 앞에서 넘실거리고 있던 불꽃이 한차례 기묘한 흔들림을 만들어냈다.

극히 짧은 순간의 변화!

부상국 전체를 뒤져도 호적수를 찾지 못했다고 알려진 해월왕의 날카로운 감각이 이를 놓칠 리 만무하다. 그의 손이 어느새 허리에 매달려 있던 두 개의 도중 소태도에 닿았다. 야외보다 상대적으로 비좁은 막사 안이기에 근접전을 염두에 둔 선택이었다.

그러나 그의 소태도는 밖으로 모습을 드러내지 않았다.

그럴 필요가 없었다.

마치 해월왕의 실력을 떠보기라도 한 것처럼 다시 예의 기묘한 변화를 보인 불꽃 속에서 하나의 귀영이 모습을 드러냈다. 바로 마령귀사였다.

슥!

등장과 함께 해월왕 앞에 부복한 마령귀사가 고개를 살짝 아래로 내린 채 보고하듯 말했다.

"귀살인도의 마령귀사, 야규가의 세이쥬로 공을 뵙게 되어
영광이올시다."

"귀살인도의 마령귀사? 어찌 된 일이냐!"

곧바로 불편한 심기를 드러낸 해월왕의 일갈에 마령귀사
가 천천히 부복을 풀었다. 여전히 공손한 태도이나 눈빛 속에
는 어둠의 기운이 일렁거리고 있었다.

"수일 전 본인은 귀살인도의 환야로부터 당주 직을 전해
받았소이다. 그러니 세이쥬로 공은 그리 알고 본인을 대접해
주면 될 것이외다."

"환야에게 당주 직을 전해 받았다?"

"그렇소이다. 그러니 이제부터 본 가와 세이쥬로 공 간에
맺은 계약은 원천적으로 무효가 되었다고 봐야 할 것이오."

"계약을 무효로 돌리겠다는 뜻이냐?"

"그렇소."

"감히!"

해월왕의 손이 이번에는 소태도를 떠나 대태도로 향했다.
막사를 난자해서 박살 내는 한이 있어도 전력을 다해 눈앞의
마령귀사를 처단하려는 심산이었다. 분명 그리 생각하고 있
었다.

흠칫!

해월왕은 이번에도 대태도를 빼 들지 못했다.

대신 그는 어깨를 한차례 떨어 보이더니, 눈매를 더욱 가늘

게 만들었다. 은연중 마령귀사에게서 전달되어진 기묘한 살기가 그의 행동을 제어한 까닭이었다.

'그 환야보다 더 강하단 말인가? 하긴 그러니 귀살인도에서 쫓겨났던 주제에 당주 자리를 꿰어찬 것일 테지.'

환야.

귀살인도의 당주로 해월왕과 계약을 맺은 그의 능력은 평범한 인자의 경지를 뛰어넘고 있었다. 군을 움직이는 병법이나 정면 대결이라면 백전백승을 자신할 수 있으나 만약 암습을 당한다면 고전할 수밖에 없으리라 내심 여겼을 정도였다.

그런데 눈앞의 마령귀사는 그런 환야보다 더 살행에 능한 자라 여겨졌다. 일군을 이끄는 수장이며 병법자로서 쉽사리 생사전을 감행할 수는 없었다.

'과연 평범한 사무라이가 아니라 병법자다운 결단. 만약 중원에서 세이쥬로 공이 성공을 거둔다면, 천 년을 갈 것이라 여겨졌던 도쿠가와 막부의 천하도 커다란 암초를 만나는 것이나 다름없으렷다. 하지만 현재의 그는 전혀 천기마야의 정체를 모르고 있으니……'

잠시 마음이 흔들렸던 마령귀사가 천천히 고개를 가로저었다. 현재 그의 주인이라 할 수 있는 천기마야의 전혀 속내를 추측할 수 없는 눈빛을 떠올린 까닭이다.

"귀살인도의 당주로서 본인은 결코 세이쥬로 공과의 계약을 회피할 생각은 없소이다. 다만 사정이 생겨서 앞으로 더

이상 해월낭인대와 생사를 함께할 수 없게 되었을 뿐이외
다."

"그럼 계약 파기에 대한 대가 역시 생각해 놨겠군?"

"물론이오."

마령귀사의 대답과 함께 막사의 한쪽 벽면에서 커다란 천
조각 하나가 흘러내렸다. 인자가 몸을 은신할 때 흔히 사용하
는 위장포에 숨겨져 있던 야규 무네노리가 극적으로 모습을
드러내게 된 것이었다.

"무네노리!"

"아버님!"

해월왕의 부름에 무네노리가 힘겨운 표정으로 대답했다.
여전히 고문과 체력 고갈의 후유증이 남아 있으나 생명에는
전혀 지장이 없어 보인다.

마령귀사가 첨언하듯 말했다.

"무네노리 공을 구출하기 위해서 귀살인도의 특급 인자 셋
이 희생되었소이다. 귀견 역시 처리했고 말이오. 이만하면 계
약 파기의 대가론 충분하지 않겠소이까?"

"충분하다."

짤막한 대답과 함께 해월왕이 귀찮은 파리 쫓듯 손을 내저
어 보였다. 마령귀사가 떠나기를 종용한 것이다. 사지에서 돌
아온 후계자와 단둘만의 시간을 보내고 싶었기 때문이다.

"그럼."

　마령귀사가 다시 해월왕에게 슬며시 고개를 숙여 보이곤 처음 모습을 드러낼 때와 같이 불꽃 속으로 사라졌다. 아예 처음부터 막사 안에 존재조차 하지 않았던 것같이.

第五十六章
풍화난무(風火亂舞)

少林棍王
소림곤왕

파드득!

팔뚝 위에 내려앉아 있던 해동청을 하늘로 돌려보낸 마령
귀사의 입꼬리가 가볍게 치켜 올라갔다.

미세한 대기의 흔들림.

그 정도 되는 인자가 아니라면 결코 간파할 수 없는 기척이
다. 비슷한 수준의 특급 인자가 접근을 알리는.

"늦었군."

마령귀사의 중얼거림과 거의 동시에 검은 인영이 모습을
드러냈다. 환월을 비롯한 세 명의 특급 인자를 제거하기 위해
떠났던 환야가 돌아온 것이다.

“빈손이로군.”

재차 마령귀사가 질문하자 환야가 묵묵히 고개를 떨궜다. 귀살인도를 대표하던 인자답지 않은 초라한 표정이다.

“할복하겠소이다.”

“할복을 하겠다?”

“연이은 실패에 어찌 다른 변명을 늘어놓겠소이까?”

환야가 차가운 대답과 함께 허리춤에서 소도 하나를 빼 들었다. 배를 가르고 자진하는 할복의 예를 치르기 위해 부상국의 무인이라면 누구나 가지고 다니는 칼이었다.

“……”

잠시 침묵 속에 환야를 바라본 마령귀사가 천천히 고개를 가로저어 보였다. 그의 이 같은 퇴장은 바람직하지 못하다. 지금 당장 죽게 놔둘 수는 없었다.

“언제부터 귀살인도가 사무라이 집단이 된 게지? 할복 같은 걸로 죄를 씻겠다는 건 지나치게 무책임한 행동이라 생각지 않나?”

“그럼 어찌하길 바라시는 거요?”

“귀살인도의 당주로서 방금 전 세이쥬로 공과 단판을 지었네. 해월낭인대와의 계약은 오늘로써 끝이 난 게야.”

“하면 이번 유군과의 전쟁에서 귀살인도가 빠진다는 뜻이외까?”

“당연하지. 그러기 위해 계약을 깬 거니까. 그러니 이제부터 귀살인도를 모조리 모아들여야겠어. 앞으론 더욱 바빠지게 될 테니 말야."

"한 가지만 물어도 되겠소이까?"

"환월은 한동안 내버려 두기로 하지. 이번 전쟁이 끝날 때까진 말야. 그러는 게 편하지 않겠나?"

"……."

환야가 침묵 속에 천천히 고개를 숙여 보였다. 마령귀사가 자신을 살리기 위해 큰 배려를 해줬음은 분명한 사실이었다. 비록 그에게 다른 꿍꿍이가 있음을 알았으나 일단은 머리를 숙이지 않을 수 없었다.

"그럼 지금 당장 움직이라구."

"존명!"

환야가 복명과 함께 얼른 모습을 감췄다. 해월낭인대 곳곳에 포진해 있는 귀살인도 인자들을 모조리 빼내려면 바삐 움직여야만 했다. 곧 전쟁이 벌어지니 한시도 늦출 시간은 없었다.

삐이이!

문득 마령귀사의 머리 위쪽에서 커다란 맴을 돌며 날고 있던 해동청이 나직한 울음을 터뜨렸다. 이제 슬슬 목표로 했던 중원 북쪽으로 날갯짓을 해야 할 때가 되었음을 깨달은 것이다.

　　　　　＊　　　　＊　　　　＊

　북경.

　세 겹이나 되는 성벽을 뚫고 날갯짓을 해오는 해동청을 발견한 천기마야의 눈에 담담한 이채가 어렸다. 생각했던 것보다 조금 이르다는 생각 때문이다.

　'허허, 생각했던 것보다 사천 무림맹에서 보낸 꼬맹이들의 활약이 상당했던 것인가? 하긴 중원의 무림은 항상 묘하게도 그런 잠룡들이 튀어나와서 마천의 대업을 힘들게 만들곤 했지.'

　중원에 암류를 형성시키고 있는 현 마천의 실질적인 주인이 바로 천기마야 본인이었다. 한동안 대종교의 영원한 주인인 대존주의 부재가 계속될 것이라 그 같은 사실은 더욱 공고해질 수밖에 없을 터였다.

　내심 고개를 끄덕여 보인 천기마야가 해동청 쪽으로 손을 내밀었다.

　하늘 높이 날고 있는 새를 불러들이기라도 하려는 것일까?

　순간 눈으로 보고도 믿기 힘들 만한 일이 벌어졌다. 까마득하게 높은 곳에서 날갯짓하고 있던 해동청이 맹렬한 기세로 떨어져 내리기 시작한 것이다.

　추락?

　그런 것이 아니었다.

해동청은 연신 격하게 날갯짓했다. 무언가 대자연의 섭리를 거스르는 듯한 초자연적인 힘 앞에서 자존심 센 맹금류답게 있는 힘껏 저항했다.

부질없는 짓이었다.

천기마야가 일으킨 격공섭물은 한낱 맹금류 따위가 저항할 수 있을 만한 게 아니었다. 어느새 해동청이 날갯짓을 그만뒀고, 떨어지는 속도가 가속되었다. 순식간에 북경의 하늘 위에서 천기마야가 서 있던 고택의 정원으로 떨어져 내렸다.

덥썩!

천기마야가 손을 뻗어 떨어져 내린 해동청을 붙잡았다. 어느새 격공섭물을 거둬들였는지 다시 해동청은 날갯짓을 할 수 있었다. 하지만 영물에 가까운 놈이다. 부질없는 날갯짓을 계속할 생각은 없어 보인다.

"고놈, 보면 볼수록 영물이로구나!"

"……."

잔뜩 쫄아 있는 해동청의 머리를 다른 손으로 슬슬 쓰다듬어 준 천기마야가 능숙하게 놈의 발목을 훑었다. 전통을 떼어 내 그 속에 담긴 마령귀사의 밀지를 끄집어냈다.

'허허, 역시 그런 것인가!'

마령귀사가 보낸 밀지 속의 내용은 대충 천기마야가 예상하고 있던 일과 비슷했다. 개중 특기할 만한 일이라면 근래 사천 무림대회에서 이름을 크게 얻은 소림사 출신의 천룡위주 엽자건의 활약이 생각 밖으로 대단하단 점 정도였다. 유대유의 후계자인 척계광과 더불어 향후 신경을 써야 할 만한 잠룡이란 점은 부인할 수 없는 사실일 터였다.

화륵!

천기마야의 손에서 밀지가 불타올랐다. 삼매진화다. 더불어 다른 손으로 꽉 잡고 있던 해동청을 놔준 천기마야가 입가에 인자한 미소를 매달았다.

"수고했다. 이제 그만 먹이라도 잡아먹으러 가보도록 하거라!"

삐이이!

해동청이 날갯짓을 하며 잠시 천기마야를 바라봤다. 수천 리나 되는 거리를 날아왔는데, 먹을 거 하나 주지 않는 점이 야속한 듯싶다.

그러나 천기마야는 어느새 신형을 돌려세우고 있었다.

이미 다른 약속이 잡혀 있었기도 하려니와 본래 그는 잡은 물고기에는 먹이를 주지 않는 사람이었다. 못된 버릇이 들어서 나중에는 먹이를 주는 주인의 손을 물 수도 있었기 때문이다.

삐이이!

다시 야속한 울음을 토한 해동청이 몇 차례 날갯짓과 함께 다시 북경 하늘로 날아올랐다. 배가 무척 고팠다. 진짜 지금부터 열심히 사냥이라도 해야 할 판이었다.

그러거나 말거나 잘 정비된 정원을 가로질러 고택 안의 전각으로 향하던 천기마야가 입가에 야릇한 미소를 매달았다. 뭔가 재밌는 일이 떠오른 듯하다.

'그러고 보니 슬슬 곤왕이 중원으로 돌아올 때가 되었지를 않은가? 절강성 쪽 일도 대충 정리되었으니, 이젠 중원의 무신을 중원의 힘으로 제거하는 일에 집중해도 되지 않겠나?'

곤왕 유대유의 제거.

꽤나 오랫동안 천기마야가 북경을 떠나지 않고 있는 이유였다. 누가 뭐라 해도 현재 천하에서 유일하게 마천의 대업을 망칠 수 있는 불확실한 존재가 바로 그였기 때문이다.

*　　　*　　　*

정오.

어느새 중천을 지키고 있는 태양은 이글거리며 주변을 비추고 있었다.

강남의 여름은 빨리 온다. 겨울이 가고 봄이 되었는가 싶었는데, 어느새 한낮에는 제법 더울 정도로 기온이 올라가고 있었다. 특히 와호산에서 혈전을 벌인 요 며칠 사이의 변화는 피부에 와 닿을 지경이었다.

저벅! 저벅!

혁련성과 함께 휘하 척가군을 사열하고 있던 척호가 문득 눈살을 찌푸려 보였다. 연이은 강행군과 격전으로 인해 병사들의 체력이 크게 떨어져 있는 걸 확인한 까닭이다.

'척가군도 많이 지쳤다. 그동안 해월낭인대에게 줄곧 압박을 당하며 고전해 왔으니 어쩔 수 없는 일이긴 하지만 생각보다 피로도가 더욱 큰 것 같으니, 걱정이구나. 게다가 슬슬 씨를 뿌리고 농사를 지어야 할 때다. 고향 생각이 간절해지는 것도 무리는 아닐 것이다.'

하지만 달리 생각해 보면 척가군 중 대다수가 농가 출신이라는 건 상당한 이점이기도 했다. 어떻게든 해월낭인대와의 싸움을 한시라도 빨리 끝내야만 제때에 농사를 지을 수 있다는 걸 누구보다 잘 알고 있었기 때문이다.

그 점을 척호가 생각하고 있을 때였다. 그의 곁에 심란한 기색이 완연한 표정으로 서 있던 혁련성이 결국 참지 못하고 입을 열었다.

"대장, 어째서 우승 천인장을 도로 회계산으로 돌려보내신 겁니까? 진짜 척가군만으로 해월낭인대의 본진을 상대할 작정이신 건 아니겠지요?"

"설마?"

"그럼 다른 원군이라도 있는 겁니까?"

"있잖아."

“그……”

척호의 태연자약한 말에 혁련성이 기가 막힌다는 표정이 되었다. 그가 말하는 원군이 다름 아닌 엽자건의 천룡영웅대란 걸 알고 있었기 때문이다.

척호가 어깨를 한차례 으쓱해 보인 후 말을 이었다.

“곧 와호산 일대는 불바다가 될 거야. 그리고 우리는 전력으로 소흥을 향해 이동할 거고 말야. 그때 회계산에서 유군이 공조를 원활하게 해야만 하기에 우승 천인장을 돌려보낸 거야. 그러니 일단은 날 믿고 따라와 줘.”

“물론 대장은 믿습니다. 하지만 그 엽자건이란 자는……”

“나만큼 믿을 만한 자다. 내 친구니까 말야.”

“예?”

“어렸을 때의 죽마고우다. 그러니 누구보다 그 녀석에 대해선 잘 알고 있다고 할 수 있지. 뭐, 이번에 녀석의 말을 전적으로 듣기로 한 건 얼마 전 보여준 기민한 작전 수행 능력 때문이지만 말야.”

“……”

불만과 의혹에 가득 찬 표정을 짓고 있던 혁련성이 입을 굳게 다물었다.

다른 건 다 필요없다.

그가 마음속의 주군인 척호를 굳게 믿고 따르는 마음은 한결같았다. 전혀 흔들림이 없었고, 후회 역시 존재치 않았다.

그러니 그가 신뢰하는 엽자건에게도 같은 마음을 품을 수밖에 없었다. 실제로 진짜 대단한 작전 수행 능력을 직접 두 눈으로 목도하기도 했고 말이다.

'그래도 그자는 마음에 들지 않아. 그 계집처럼 생긴 얼굴에 사람을 홀리는 미소라니……'

혁련성의 뇌리 속에서 준미한 엽자건과 그의 주변을 배회하던 꽃다운 미녀 검객들이 빠르게 스쳐 갔다. 항상 고린내 진동하는 사내들과 전장을 뒹굴어온 피 끓는 노총각의 입장에선 시큼한 질투심이 폭발하지 않을 수 없는 일이었다. 적어도 사내다움만큼은 누구에게도 지지 않는다고 자부하는 대다수의 사내 군에 속하는 혁련성에겐 더욱 그러했다.

그때 저 멀리서 한 명의 꽃다운 미녀가 모습을 드러냈다. 역시 혁련성 자신과 비교해 볼 때 절대 외모상 나을 것이 없는 척호의 약혼녀인 양운정이었다.

"정 매!"

줄곧 뒤를 따르고 있던 혁련성에게 어떠한 양해도 구하지 않고 척호가 커다란 신형을 앞으로 날렸다. 양운정이 모습을 드러내자 다른 어떤 것도 눈에 들어오지 않는 것 같았다.

스슥!

순간적으로 자신을 놔둔 채 성난 황소처럼 내달려가 버린 척호를 혁련성이 쓸쓸한 표정으로 바라봤다. 엽자건에게 당

했던 것의 몇 배나 되는 내상을 믿고 의지하던 상관에게 당하
고 만 까닭이었다.

'크윽, 대장마저 이런 염장을 지를 줄이야!'

내심 피눈물을 쏟아낸 혁련성이 양운정의 느닷없는 등장
으로 크게 전열이 흐트러진 척가군을 향해 버럭 소리질렀다.
어떻게든 화풀이를 할 대상이 필요했다.

"이놈들아, 곧 진영 이동이 있을 것이다! 얼른 빠릿빠릿들
움직이지 못할까!"

"예!"

"예잇!"

혁련성의 복잡한 심사를 짐작한 듯 병사들이 허둥지둥 움
직이기 시작했다. 상관의 심기가 좋지 않을 때에는 일단 기고
보는 게 병영 생활의 제일 수칙인 것이다.

'저놈들이……'

뒤에서 일어나고 있는 척가군들의 소란에 살짝 신경을 쓰
며 척호가 양운정 앞에 섰다. 그녀의 고운 눈에는 어느새 촉
촉한 물기가 머물러 있다.

"또다시 이별인가요?"

"잠시뿐이오. 곧 재회하게 될 터이니, 정 매는 얼른 후방으
로 떠나주시오."

"그렇지만……"

"정 매!"

척호가 손을 뻗어 양운정의 손을 쥐었다. 곰 발바닥이나 다름없이 거친 그의 손 안에 보드랍고 연약한 그녀의 손이 포개져 완전히 사라져 버렸다.

"상공, 이곳에는 보는 눈들이 많습니다. 그러니 다른 곳으로 옮기시는 게……."

"상관없소!"

"…예?"

"정 매와 나는 정혼을 한 사이요. 청천백일에 당당한 사이니, 전혀 거리낄 게 없지 않겠소!"

뒷말에 힘을 주는 척호를 잠시 멍하게 바라보던 양운정의 두 눈에 부드러운 광채가 돌았다. 입가에는 기쁨의 미소가 완연하다.

생긴 것과 달리 수줍음이 많던 척호다.

정혼한 직후에도 줄곧 주변의 눈치를 살피며 애정 표현을 꺼려왔는데, 갑자기 사람이 달라졌다. 늠름하고 당당하게 자신을 대하는 모습이 무척이나 마음에 들었다. 그의 곰 같은 모습이 어떤 미남자보다 멋있게 느껴질 정도였다.

'역시 억지를 부려서 오길 잘했구나. 덕분에 상공이 이리 날 자연스럽게 대할 수 있게 되었으니까…….'

그때 내심 고개를 끄덕이고 있던 양운정의 손을 보옥처럼 더듬고 있던 척호가 진지한 표정으로 말을 이었다.

"정 매! 이번 전쟁이 끝난 후 내 반드시 정 매와 함께 소주의 양가신창보로 찾아갈 것이오."

"그, 그건 설마……."

"정 매와 정혼한 지 지나치게 오래되었소. 이제 장인어른을 뵙고 정식으로 정 매를 부인으로 맞이할 생각이니, 부디 그동안 보중하기 바라오."

"…상공!"

양운정이 척호의 품에 포옥 안겨들었다. 그의 진심 어린 한마디에 헤어짐을 앞두고 잠시 마음속에 자리 잡았던 아쉬움이 깨끗이 사라져 버린 것이다.

*   *   *

따악!

잠시 고심 어린 표정을 짓고 있던 엽자건이 손가락을 한차례 튕기고 막사 안으로 들어섰다. 임시로 포로인 환월의 처소로 삼은 장소였다.

환월의 보호역과 감시역을 동시에 맡고 있던 이가흔이 다리를 모은 채 졸고 있다 벌떡 일어섰다. 한 손에는 언제나와 마찬가지로 호로병이 들려져 있는 게 몰래 한잔 걸친 게 분명했다.

'능력도 좋군. 주변에 민가 하나 없는데 술을 구해내다

니……..’

평소 술을 크게 즐기지 않는 엽자건이었다. 술꾼들의 집념을 이해할 수 있을 리 없다.

“졸았나?”

“졸긴 누가 졸았다고…….”

“술 냄새 난다. 여기까지 확 풍겨와.”

“…에취! 카악, 퉤! 퉤! 퉤!”

이가흔이 재채기와 함께 얼른 바닥에 침을 뱉었다. 혹시 술 냄새가 남아 있을까 봐 미리 입 안을 침으로 헹군 것이다.

‘후우, 그런 행동이 더 문제인 것 같지 않냐?’

내심 한숨을 내쉰 엽자건이 슬며시 이가흔에게서 물러선 후 시선을 환월 쪽으로 던졌다. 독상을 당한 후 하루 중 거의 열 시진가량을 잠에 빠져 있는 그녀의 상세에 깊은 관심이 있는 모습이다.

‘자식이 그저 예쁜 계집만 보면… 아니, 이건 취소다! 취소! 취소라구!’

엽자건을 살짝 흘기던 이가흔이 내심 고개를 저어 보였다. 환월의 이국적인 미모에 치솟은 질투심을 결코 인정할 수 없었기 때문이다.

환월에게 시선을 고정시킨 채 엽자건이 물었다.

“계속 이 상태인 건가?”

입가에 묻은 침을 소매로 슥슥 닦은 이가흔이 얼른 대답했다. 여전히 목소리에 살짝 퉁명스러움이 머물러 있다.

“계속 자고 있더라. 전혀 일어설 생각이 없어 보여. 쳇! 여기가 제 안방인가.”

“수고했다. 잠시만 자리를 피해줘.”

“뭐 하려고?”

“취조.”

“취조? 다른 걸 하려는 거 아니고?”

노골적인 의심이 가득한 이가흔의 눈초리에 엽자건이 슬쩍 인상을 써 보였다. 그녀의 헛된 망상에 보조를 맞춰줄 만한 시간이 부족하단 판단이었다.

움찔!

이가흔이 곧바로 알아듣고 얼른 뒷걸음질을 쳤다. 소주에서 재회한 후 조금 달라진 엽자건의 성격은 이럴 때 꽤나 단호하다는 걸 알고 있었기 때문이다.

“후우!”

얼른 막사 밖으로 빠져나간 이가흔을 향해 참고 있던 한숨을 내쉰 엽자건이 다시 환월에게 시선을 돌렸다.

여전히 깊은 잠에 빠져 있는 그녀.

남궁수를 제외한 누구에게도 결코 미모에 대한 자신감을 잃지 않던 이가흔이 질투를 느낄 만큼 매력적이다. 잡티 하나 없는 하얀 피부와 오뚝한 콧날, 긴 속눈썹까지⋯⋯.

여태까지 엽자건이 만나봤던 중원의 어떤 미녀와도 다른

이국적인 미모를 환월은 가지고 있었다. 게다가 그녀는 특급 인자답게 작은 몸집에 어울리지 않는 탄력 넘치는 몸매까지 함께 겸비하고 있었다. 만약 전장의 한복판에서 만나지 않았다면 어떤 사내라도 한눈에 반하게 만들 만한 요염함과 천품을 지녔다고 할 수 있을 터였다.

'뭐, 그래 봤자 나와는 상관없는 일이고…….'

잠들어 있는 환월을 한차례 훑어본 엽자건이 갑자기 손뼉을 강하게 쳤다.

짝!

웬만큼 깊은 잠에 빠져 있던 사람이라도 놀라서 깨어날 정도로 큰 소리다. 처음부터 마음을 단단히 먹고 친 손뼉이니 당연하다고 하려나?

그럼에도 환월은 미동조차 없었다.

긴 속눈썹 하나 움직이지 않고 가슴만 들썩이고 있었다. 진짜로 깊은 잠에 빠져 있거나 고의로 그런 척하고 있는 게 분명하다.

"시간이 부족하지 않다면 나도 계속 장단을 맞춰주고 싶긴 한데 말야, 곧 해월낭인대의 대병이 몰려오거든. 그러니까 그만 일어나 줘야겠어."

"……."

"계속 그러고 있으면 그냥 놔두고 가버린다?"

깜빡!

엽자건의 연이은 으름장이 끝나기가 무서웠다. 환월의 긴 속눈썹이 한차례 미동을 보이더니, 그녀의 눈이 뜨여졌다. 언제 깊은 잠에 빠져 있었냐는 듯한 변화다.

피식 웃은 엽자건이 말을 이었다.

"어느 정도까지 움직일 수 있지?"

"평소의 삼 할가량."

대답과 함께 환월이 특유의 귀영 같은 움직임으로 누워 있던 자리를 박차고 몸을 일으켜 세웠다. 더 이상 독기로 인한 부상의 여파는 눈에 띄지 않는다.

'대단한 체력이군. 내가 세수경으로 기경팔맥을 뚫어줬기는 하나 이렇게 빨리 몸을 가눌 수 있을 줄은 몰랐는데……'

사부 보종은 독기를 몸속에서 몰아내고도 폐인이 되었다. 하단전이 폐쇄되어 더 이상 내공 운기를 못하고 일평생의 무공 역시 몽땅 잃어버렸다.

그런 전례로 볼 때 환월의 이와 같은 회복은 가히 경악스럽다고 할 수 있었다. 보종이 당한 독보다 훨씬 농도가 약했다는 점을 감안해도 그러했다.

"벙어리는 아니었군. 계속 입을 다물고 있기에 말을 못하나 했더니만."

"나, 날 어찌할 작정이지? 설마 나를 네 여자로 삼으려는 것이냐?"

“뭐?”

“널 죽이려던 날 죽이지 않고, 오히려 목숨을 구해준 이유가 있지 않겠느냐? 하지만 나는 그런 모, 못된 짓에는 응할 수 없으니 당장 죽이는 편이 나을 것이다!”

엽자건이 반문과 함께 입가에 얼핏 미소를 떠올렸다. 환월이 독상으로 누워 있는 동안 했을 갖가지 생각이 그를 즐겁게 만들었다.

‘하긴 본래 전쟁 포로가 된 여인들이 겪는 일이란 게 다 그렇고 그렇긴 하다만……’

내심 쓰게 웃어 보인 엽자건이 어깨를 한차례 으쓱해 보이곤 말을 이었다.

“생각해 보니 그렇기도 하군. 너만하면 꽤나 괜찮은 미모인데 말야. 하지만 아쉽게도 나는 그런 일에 관심이 없다.”

“그, 그럼 날 다른 사내한테 넘기겠다는 뜻이냐?”

“아니.”

고개를 한차례 저어 보인 엽자건이 진지해진 표정으로 말했다.

“나는 아무것도 네게 요구할 생각이 없다.”

“아무것도? 그게 무슨 말이냐?”

“말 그대로다. 나는 이제부터 아무것도 바라지 않고 널 놔줄 생각이다. 그러니 지금부터 너는 그냥 네 갈 길을 가면 된다.”

“…….”

엽자건이 말을 끝낸 후 품속에서 전낭을 꺼내 환월에게 건 넸다. 이미 몸담고 있던 인자 조직에서 버려진 그녀였다. 임 시나마 호구지책을 마련해 주지 않고 그냥 보낼 수는 없었 다.

“곧 해월낭인대 본대가 몰려온다. 이 일대가 뭉땅 불바다 에 아수라장으로 변할 테니, 얼른 몸을 피하도록 해라.”

“어, 어째서 나한테 이렇게…….”

“뭐?”

“…어째서 나한테 이렇게 잘해주는 거냐? 나는 널 죽이려 고 했다. 네 적이지 않느냐?”

“전장에선 일상적인 일이잖나? 너와는 본래 원한 같은 건 없었던 사이다. 그냥 전장의 한복판에서 반대편으로 만나 힘 껏 싸웠을 뿐이야. 그러니 나한테 조금이나마 고마움을 느꼈 다면 앞으로 죽을 생각하지 말고 열심히 살아라. 다신 아무런 관련도 없는 사람이나 암살하면서 살지 말고.”

“…….”

엽자건이 침묵에 빠진 환월의 어깨를 툭 하고 치고는 발길 을 돌려 막사 밖으로 빠져나갔다.

지나치게 시간을 끌었다. 지금 당장 천룡영웅대를 이끌고 가상의 초토화전을 준비해야만 했다. 진짜보다 더 진짜같이 화려하게 말이다.

우르르르! 우와아아!

수많은 인마가 동시에 엄청난 함성을 터뜨리며 멀어져 갔
다. 잠시 동안이나마 몸을 뉘일 수 있게 해줬던 막사와 야영
지는 이미 과거로 돌려 버렸다.

그들은 재빨리 야영지의 모든 것을 정리한 후 몇 패로 나뉘
어 기민한 이동을 보였다. 또다시 시작될 대전쟁을 준비하기
위함이었다.

그로 인해 천지를 온통 물들여 버린 누런 흙먼지 구름.

아마도 십수 리 밖에서도 보일 게 분명한 척가군과 천룡영
웅대의 기민한 출정을 환월은 한동안 물끄러미 바라보고 있
었다. 달리 할 일이 없었기 때문이다.

'나는 이제 어찌해야 하지?'

환월의 뇌까림 속에는 깊은 혼란이 깃들어 있었다.

그럴 수밖에 없다.

여태까지 그녀에겐 오로지 귀살인도의 인자로서의 삶만이
존재해 왔다. 다른 삶의 방식 같은 건 아예 생각조차 해본 적
이 없었다. 그렇게 길들여져 왔다.

그런데 이젠 아니다.

그녀는 귀살인도의 당주이자 사부인 환야에게 버림을 당
했다. 그는 단호하게 살수를 뿌렸다. 귀살인도의 냉정한 율법
대로 임무에 실패한 제자를 폐기처분하려 했다.

하지만 그의 그 같은 시도는 실패로 돌아갔다.

환월은 귀살인도 비전의 극독인 암혈독에 중독되고서도 살아남았다. 어떻게 그런 일이 가능했는지는 모르나 분명 그러했다. 새로운 생명을 부여받게 된 것이다.

'나는 암혈독에서 살아남는 것으로 귀살인도로부터 독립할 수 있게 되었다. 그 사람 덕분에 죽음의 맹세를 지킬 수 있게 되었어.'

죽음의 맹세는 귀살인도의 입문과 동시에 그녀가 사부 환야 앞에서 한 일종의 약속이었다. 언제든지 명에 의해 목숨을 내놓을 것이며, 죽음의 강을 건너기 전에는 결코 배신하지 않겠다는 인자의 언약이었다.

그러니 엽자건 덕분에 암혈독에서 벗어난 환월은 더 이상 귀살인도에 연연하지 않게 되었다. 은혜가 원한과 함께 상쇄되어 더 이상 개의치 않게 된 셈이다.

그렇다 해도 모든 문제가 해결된 건 아니었다.

여전히 그녀는 귀살인도의 추살령을 걱정해야만 했고, 앞으로 어찌 살아야 할지도 알지 못했다. 부상국을 떠나 중원에 온 지 수해가 지났으나 인자로서의 삶 외엔 어떤 것도 해본 적이 없었기 때문이다.

'그 사람은 어째서 날 거두지 않은 것일까? 내가 그렇게 마음에 들지 않았던 것인가?'

환월은 마음이 우울해졌다.

그녀의 생각에 사내들은 여인에 관해선 무조건 다다익선(多多益善)이었다. 아무리 많은 여인을 가진 사내라도 마음에 드는 미인을 결코 포기하지 않았다.

하물며 엽자건에겐 그리 여인이 많은 것도 아니었다.

고작해야 두세 명가량?

물론 하나같이 굉장한 미인들이었으나 전장을 호령하는 장수치고는 매우 적은 숫자였다. 부상국에서 활동할 당시 웬만큼 이름 높은 사무라이나 병법자들은 하나같이 수십 명이 넘는 가희를 거느리고 있었다. 자신의 권력과 정력을 그런 식으로 과시하곤 했던 것이다.

중원이라고 다른 것도 아니다.

매우 많은 장수와 관리들이 수십이 넘는 처첩을 거느리고 있었다. 밤마다 이 방, 저 방을 넘나들며 미인들과 몸을 섞었고, 그만큼 쉽게 암살할 기회를 포착하곤 했다. 어떤 사내도 다르지 않았다.

그러니 결론은 하나였다.

엽자건은 부상국에서와 마찬가지로 환월의 이국적인 용모가 마음에 들지 않았던 게 분명하다. 그래서 자신의 여자로 삼지 않고 그냥 놔줬다. 돈까지 쥐어줘 가며.

"굴욕이다!"

환월의 하얀 얼굴에 살짝 상기되었다.

그녀는 언제 우울하거나 고민스러웠냐는 듯 발로 바닥을

가볍게 굴렀다. 일시 심중 깊숙한 곳에서 치솟아오른 분노가 그동안의 번뇌를 날려 버렸다.

스슥!

그 후 환월의 섬세한 신형이 특유의 귀영 같은 움직임을 보였다. 자발적으로 엽자건의 뒤를 따르기 시작한 것이다, 그의 여자가 되기 위해서.

*　　　　*　　　　*

'응?

엽자건은 백 명가량의 인원을 이끈 채 앞으로 내달리던 중 눈살을 가볍게 찌푸려 보였다. 갑자기 뒤통수가 간질거려 오고 있었다. 누가 자신을 욕하기라도 하는 것처럼 말이다.

그의 곁에 바짝 붙어서 따르고 있던 몇 명의 동행 중 남궁수가 의혹 어린 시선을 던져 왔다. 항상 독불장군처럼 제멋대로인 이염과는 확실히 다른 반응이다.

"천룡위주님, 무슨 문제라도 생긴 것인지요?"

"아니오."

엽자건이 고개를 저어 보였다.

실제로 별일이 없었다. 그의 극도로 확장된 감각이 그 같은 사실을 확실하게 전해주고 있었다.

　이염이 그제야 퉁명스런 시선을 던져 왔다. 그 역시 초절
정고수답게 기감을 확장시켜 주변을 철통같이 감시하던 터
다. 아직 별다른 이상의 징후가 없다는 건 진작부터 알고 있
었다.

　"별일은 무슨! 그냥 사서 사지로 뛰어들려다 보니 괜스레
마음이 복잡해진 게지."

　엽자건이 그를 향해 피식 웃어 보였다.

　"심사가 복잡한 건 이 호법님이신 것 같습니다만?"

　"알긴 아는구만. 여태까지 죽어라 고생시킨 것도 모자라
이번엔 아예 섶을 짊어지고 불 속에 뛰어들게 하니, 어찌 내
마음이 괜찮을 수 있겠나?"

　"그래도 어쩔 수 없습니다. 이번 일은 진짜로 위험해서 가
장 강하고 실전에 능한 사람들이 필요했으니까요."

　"흐흥, 그럼 여태까지 내가 수행했던 척후의 일들은 별로
위험하지 않았었고?"

　"하하, 그야 그저 이 호법님께 감사할 뿐이지요. 첫 번째
전투에서 대승한 최고의 공은 누가 뭐라 해도 이 호법님입니
다."

　"말로만?"

　"이번 전투가 끝난 후에 바로 항주로 모시죠. 소주와는 다
른 색다른 밤을 경험하게 해드리겠습니다."

　"소, 소주와는 다른 색다른 밤?"

"기대하셔도 좋습니다."

엽자건이 은근슬쩍 능을 치자 이염이 침을 꿀깍 삼켰다. 곁에 남궁수가 있음에도 눈이 완전히 가자미처럼 변해 있다. 그만큼 전날 소주에서 보낸 밤은 뜨거웠었다.

'다 늙어서 밝히긴!'

엽자건이 다시 이염에게 미소를 던지곤 남궁수를 진지하게 바라봤다.

"남궁 조장, 이번 전투의 핵심은 용자조가 될 것이오. 나와 이 호법님 사이에서 남궁 조장이 용자조의 움직임을 확실하게 관리해야만 할 것이오."

"어젯밤부터 핵심 조원들에게 세부 전술에 대한 작계를 시행시켰습니다. 본래부터 함께 진법이나 합벽진을 연마하던 자들만을 모아왔으니, 천룡위주님의 전술 명령을 따르는 데 걸림돌이 되진 않을 겁니다."

"그러도록 해야만 할 것이오. 이번에 싸울 적의 병력은 아군의 열 배가 훨씬 넘으니, 전술의 연계에 한 치의 빈틈이 있어선 안 될 것이오."

"예!"

남궁수가 짤막하나 힘있게 대답했다. 눈빛 역시 맑고도 강하다. 평상시의 멍한 기운은 찾으려야 찾을 수가 없다. 얼핏 딴사람이 아닌가 싶을 정도다.

'역시! 남궁 소저는 나와 동류인 게지.'

엽자건이 내심 고개를 끄덕였다.

천룡영웅대를 조성한 후 줄곧 지켜봐 온 대로다. 남궁수는 어떤 사내보다 강하고 싸움에 능했다. 완전히 타고난 싸움꾼이었다. 엽자건 자신과 비교해도 결코 떨어지지 않을 만큼.

그때 항주의 뜨거운 밤을 생각하며 희희낙락하고 있던 이염이 갑자기 경계 어린 목소리로 주변을 환기시켰다. 그 역시 사람이 달라진 것 같다.

"십 리 밖이다!"

'십 리 밖?'

엽자건의 시선이 이염을 향했다. 그가 갑자기 내뱉은 말의 의미를 대충 짐작할 수 있었기 때문이다.

"이 호법님의 예상보다 빠르잖습니까?"

이염이 인상을 써 보였다.

"내가 저놈들한테서 떠난 건 벌써 오 일이 넘었다구. 중간에 갑자기 이동 속도를 높인 것까지 어떻게 책임질 수 있겠는가?"

"그래도 너무 빠른데요?"

"그래, 너무 빨라. 그러니 아마도……"

"해월왕은 이미 이번 전투의 결과를 짐작하고 있겠군요."

"…뭐, 그렇겠지. 거의 제 손바닥 보듯 알고 있을 거야. 단숨에 대병력을 이끌고 이곳으로 달려온 걸 보면 말야."

"아주 잘됐군요."

"그야 그렇지. 뭐?"

엽자건의 말에 대충 고개를 끄덕이던 이염이 황당하다는 표정이 되었다. 무슨 말 같지도 않는 소리를 했냐는 기색이 얼굴 가득 완연하다.

엽자건이 부연 설명하듯 말했다.

"척가군은 이미 소흥으로 이동 중입니다. 곧 와호산 일대에 불을 지를 텐데, 만약 저들이 조금 늦게 왔다면 상당수의 민가와 농경지까지 희생시켰어야만 했을 겁니다."

"그 가상의 초토화 작전을 말하는 건가?"

"그렇습니다."

엽자건이 대답한 것과 동시였다.

갑자기 일행의 뒤편에서 거센 바람이 휘몰아쳐 왔다. 뒤에 남겨놓은 풍자조가 본격적으로 와호산과 그 일대에 산불을 질러대기 시작한 것이다.

"좋아!"

엽자건이 나직이 외쳤다.

굳이 뒤돌아보지 않아도 상관없었다. 분명히 십 리 밖까지 보일 만큼 커다란 불길일 터였다. 전속력으로 대군을 휘몰아 오던 해월왕이 흠칫 놀라 발길을 멈출 만큼 말이다.

─풍화난무(風火亂舞)!

　엽자건이 명명한 대 해월낭인대 몰살 작전은 이렇게 천천히 그 모습을 드러냈다. 예상을 조금 뛰어넘은 속도로 몰려온 해월낭인대의 선진과 십 리가량 떨어진 장소에서.

　그리고 바람은 불을 춤추게 만들고, 전장은 드디어 격렬한 움직임을 보이기 시작했다. 어느 누구도 아닌 주역들이 모두 모여든 와호산에서였다.

　사무라이 [侍] : 일본 봉건 시대의 무사(武士). 가까이에서 모신다는 뜻에서 나온 말로, 본래 귀인(貴人)을 가까이에서 모시며 이를 경호하는 사람을 일컬었다. 헤이안시대(平安時代) 이후 무사 계급이 발달하여 셋칸케(攝關家 : 섭정과 판백 벼슬을 하는 가문)와 잉(院) 등에서 경호를 위해 무사를 채용하게 되자, 점차 사무라이의 명칭이 무사 일반을 가리키게 되었다. 가마쿠라 막부법(鎌倉幕府法)에서는 낭당(郞黨)을 거느리고 기승(騎乘)의 자격이 있는 무사를 일컬었고, 형벌도 낭당과 일반 서민과는 구별되었다. 무로마치(室町)시대에 있어서도 대체로 상급 무사를 지칭하였는데, 에도(江戶)시대에는 사농공상(士農工商)의 네 신분이 고정되어, 그 가운데 사(士)에 속하는 자를 일반적으로 이렇게 칭하였다.

그러나 무가사회 내부에서는 보다 엄격하게 이 명칭을 사용하였는데, 막신(幕臣) 중에서는 하타모토(旗本:에도시대 장군가 직속으로 만 석 이하의 무사)를 가리켰으며, 가치(徒)와 주겐(中間:무가의 고용인) 등의 하급무사와는 구별하였고, 쩨번(諸藩)의 가신 중에서도 주고쇼(中小姓:두사 직위의 하나) 이상의 무사를 이렇게 간주하는 등, 무사 중에서도 비교적 상층 계급을 사무라이라고 하였다. 또한 무가(武家)를 주군(主君)으로 섬기지 않는 특수한 사무라이로 궁가(宮家)에 봉사하는 미야사무라이(宮侍), 몬제키(門跡:격이 높은 사원)에 봉사하는 테라사무라이(寺侍) 등이 있었다.

第五十七章

관도대전(官渡大戰)

少林棍王
소림곤왕

염천(炎天).

천지사방이 지독히도 뜨겁다. 사방이 온통 불바다였다.

목진풍은 휘하의 풍자조와 함께 연신 불을 질러대던 중 입을 딱 벌렸다.

폐 속 가득 차 들어오는 검은 연기!

단숨에 숨을 턱 막히게 하더니, 곧 미칠 듯한 기침을 유발시킨다.

"케엑, 콜록! 콜록! 콜록! 아이고, 나 죽네에에!"

"목 사형, 진기를 중단전 쪽으로 이동시켜서 평안을 추구해야지! 연기를 정통으로 들이켜면 어쩌려는 거야?"

"엥? 사매, 이곳에는 어떻게?"

목진풍이 자신과 마찬가지로 얼굴에 검댕이칠을 잔뜩 하고 나타난 이가흔을 보고 눈을 휘둥그레 떴다. 엽자건의 뒤를 따라간 줄 알았던 그녀다. 갑자기 눈앞에 모습을 드러내니 어안이 벙벙할 뿐이다.

이가흔이 양손을 잘록한 허리에 가져다 댔다. 표정 역시 여전히 뾰로통하다.

"뭐야? 내가 이곳에 와서는 안 된다는 거야? 나는 이래 봬도 풍자조의 부조장이라구!"

"그야 그렇기는 하지만……."

"그렇기는 하지만?"

"아니야! 아니야!"

목진풍이 얼른 양손을 내저어 보이곤 입가에 헤벌쭉한 미소를 매달았다. 언제나와 마찬가지로 이가흔이 눈앞에 있는 것만으로 지극한 만족을 느낀 것이다.

그 모습을 본 이가흔이 콧가에 잔주름을 만들어냈다.

'이그으, 또 저런 바보 같은 표정을 한다! 항상 이러니까 나한테 욕을 먹지!'

목진풍의 마음, 모르는 바 아니다.

한때는 은근히 그를 의식한 적도 있었다. 재질만 따진다면 조부이자 사부인 철담협개의 제자들 중 이가흔과 함께 최고를 다투는 게 바로 눈앞의 목진풍이었기 때문이다.

하지만 그건 어디까지나 소림사를 다녀오기까지였다.

소림사에서 운명적으로 엽자건을 만난 후 이가흔의 마음은 온통 그에게로 넘어갔다. 평생 처음 볼 정도의 미남인데다 무공이 뛰어나고 성격도 의외로 잘 맞았다.

나름대로 이상이 높던 이가흔의 마음속에 엽자건은 단숨에 자리 잡았다. 아직 여자를 모르는 동정이란 말을 들은 후에는 완전히 운명이 자신을 위해 준비해 놓은 상대라는 확신까지 가졌을 정도였다.

착각이었다.

다시 만난 엽자건은 이미 무림의 영웅이 되어 있었고, 남궁수란 절세미인 역시 함께였다. 운명이 이가흔을 철저하게 약올리고 내동댕이쳐 버린 것이었다.

그래도 본래 고지 위의 꽃이야말로 진정으로 꺾을 만한 가치가 있다고 했다.

엽자건과 남궁수의 조합을 목격한 이가흔은 더욱 뜨겁게 타올랐다. 천하의 미녀인 남궁수에게서 엽자건을 쟁취하는 것이야말로 여자로 태어나 가장 큰 기쁨이자 즐거움이었다. 이대로 물러설 수는 없다고 생각했다.

'게다가 두 사람, 아직은 확실하게 이어지지 않았다. 그 어색한 분위기며 눈치를 보면 알 수 있는 일이야. 그러니 승부는 지금부터다. 그 부상국 인자 계집애도 떨궈냈으니까 더 이상 문제될 건 없어.'

독특한 미모를 자랑하던 환월을 떠나보낸 것까지 떠올린 이가흔이 입가에 가벼운 미소를 만들어냈다.

자신 역시 엽자건에게서 떨어져서 풍자조로 돌아왔으나 전혀 개의치 않았다. 해월낭인대와의 전쟁이 쉽게 끝날 리 없다. 엽자건과 함께할 시간은 아직 충분했다.

그런 이가흔의 미소를 목진풍이 황홀한 듯 바라봤다. 방금 전까지 와호산 일대에 불을 놓으며 뿜어져 나오던 열기나 연기가 전혀 신경 쓰이지 않았다.

화염 지옥이나 다름없는 이곳.

지금 그에겐 도화 꽃잎 흩날리는 천상의 정원이나 다름없었다.

'이 사매는 어찌 저리 예쁜 걸까? 해월낭인대와의 전쟁이 아주 길게 이어졌으면 좋겠구나! 이 사매와 줄곧 함께할 수 있에끔 말야……'

동상이몽(同床異夢)이다.

두 사람은 같은 처지에서 서로 조금 다른 꿈을 꾸고 있었다. 현시점에서 전장의 주인이라 할 수 있는 엽자건이나 척호가 안다면 매우 인상이 나빠질 만한 꿍심과 함께 말이다.

그때 목진풍의 헤벌쭉한 표정에 다시 안색을 딱딱하게 굳힌 이가흔이 말했다.

"목 사형, 이곳은 이미 완전히 불바다예요. 더 이상 있다가는 풍자조 거지들이 모조리 불에 타서 죽을 지경이니, 얼른 다음 지점으로 이동하도록 해요."

"그, 그러도록 하지. 그런데 다음 지점이라니?"

"다음 지점은 소홍으로 향하는 관도예요. 그곳 일대를 역시 완전히 불태워야만 해요. 해월낭인대의 선봉대의 속도를 늦추기 위해서요."

"그렇구만."

목진풍이 얼른 고개를 끄덕여 보였다. 비로소 이가흔이 엽자건의 명령을 전달하러 왔음을 눈치챈 것이다.

이가흔이 그를 더욱 재촉했다.

"빨리 가요. 이곳에 있다가 진짜로 타 죽겠어요."

"응, 알겠어."

역시 목진풍이 멍청한 기색으로 고개를 끄덕여 보인 후 풍자조를 불러모으기 시작했다.

왠지 계속해서 험한 일만 도맡는 것 같긴 했으나 상관없었다. 곁에 아리따운 이가흔이 함께였다. 지금 하는 고생 같은 건 아무것도 아니었다.

'이런 고생은 별거 아냐. 엽자건, 그 자식이 직접 부탁한 거니까 말야.'

이가흔은 목진풍이 안다면 게거품을 물고 쓰러질 만한 생각을 하며 입가에 다시 미소를 매달았다. 계속해서 동상이몽을 보이는 두 사람이었다.

와호산 동쪽 방면.

불길이 하늘로 치솟고 있는 와호산 일대의 모습을 눈으로 살피고 있던 유백온의 준수한 얼굴에는 가벼운 긴장의 기색이 서려 있었다.

천룡영웅대의 호자조장.

그가 이번 전장에서 맡은 직위였다.

더불어 그는 줄곧 뽈동대와 함께 움직이곤 하던 엽자건을 대신해 중군의 임시 총책임자를 맡곤 했다. 언제나 천룡영웅대 전체의 진세를 유지시키며 결코 무너지지 않게 만드는 일에 전념해 왔던 것이다.

그런 중에 첫 번째 대전투가 끝났다.

오천 명이 넘는 해월낭인대와의 전투를 압도적인 포위섬멸전으로 전멸시켰다. 그 짜릿함과 격렬함에 무학을 연마한 자로서 도취되지 않을 수 없었다.

다만 유백온은 도가인 무당파의 제자였다.

비록 아직 정식으로 관건의 예를 취하고 도적에 이름을 올리진 않았으나 마음만은 항상 명경지수와 상선약수에 이르려 노력해 왔다. 전쟁의 한복판에서 첫 번째 대승을 하고서도 다른 천룡영웅대 무사들에 비해 마음의 동요가 적을 수 있는 이유 중 한 가지였다.

덕분에 그는 이번에도 엽자건에게 대임을 받게 되었다. 또다시 천룡영웅대의 본진을 이끌고서 적 선봉 및 척후의 주살전을 주도하게 된 것이었다.

'내가 해월낭인대의 선봉과 척후조 전체를 몰살시키거나 교란하지 않으면, 앞으로 엽 무상이 수행할 작전이 크게 어긋나 버린다. 그와 함께하고 있는 용자조 역시 마찬가지고.'

엽자건과 남궁수의 용자조가 주도가 된 병력이 맡은 일은 다름 아닌 해월낭인대의 후방과 보급선 차단이었다. 해월낭인대 전체를 교란하고 흔들어대는 아주 중요한 임무라 할 수 있었다. 자신들이 쉽사리 빠져나올 수 없는 진득진득한 함정에 걸려들었다는 심정적인 압박감을 주기 위함이었다.

당연히 유백온이 맡은 임무 또한 중요했다. 거의 칠 할이나 되는 천룡영웅대의 병력을 원활하게 움직여서 반드시 성공해야만 했다. 그럼으로써 해월낭인대의 예봉을 엽자건 등에게 돌려지지 않도록 조절해야 하는 것이다.

가슴 한켠을 억누르는 부담감!

한차례 호흡으로 마음을 조절하고 있던 유백온의 곁으로 운자조장 팽도진과 신창부장 강상인이 다가들었다. 그들은 언제나와 마찬가지로 유백온의 지휘를 받고 있었다.

"유 조장, 우리가 맡은 임무가 정확히 어떤 것이오?"

"예, 조금 설명이 부족한 것 같습니다."

유백온이 상념에서 벗어나 두 사람을 바라봤다. 평상시 거의 교류가 없던 두 사람이 지난번 전투를 계기로 급속도로 친해진 것인지 문득 궁금해진다.

'그럴 리가 없지. 만약 팽도진에게 그 정도의 포용력이 있었다면 그만한 용맹과 무력을 갖추고서도 줄곧 엽 무상에게 외면받을 리 없다. 그렇다면 강상인, 저자가 접근한 것이겠구나.'

평상시 눈에 잘 띄지 않던 신창부대와 강상인이었다.

하지만 계속 중군을 맡고 있던 유백온은 강상인이 전쟁에 초출이라 할 수 있는 신창부대를 제법 잘 이끌었음을 알고 있었다. 무공이 일천한 양가신창보의 무사치고는 꽤나 선전하고 있는 것이었다.

더군다나 강상인은 성격 역시 붙임성이 있었다.

지금 성격 까칠하기로 유명한 팽도진과 함께 자신을 찾아온 것만 봐도 대충 짐작이 갈 만했다. 속내야 어떠할지 모르겠지만 말이다.

내심 앞으로 강상인을 주목해야겠다 여긴 유백온이 특유의 진중한 기색으로 입을 열었다. 그 역시 두 사람에게 적당한 설명이 필요하단 판단을 내린 때문이다.

"그렇지 않아도 두 분에게 엽 무상이 내린 명령을 설명해 주려 했는데 마침 잘 되었소. 앞으로 전세가 매우 급변하게 될 터이니, 잘 숙지해 주시기 바라오."

"쳇! 엽 무상, 역시 뭔가 있긴 있었구만. 항상 나한테는 설명도 해주지 않고 저 혼자 돌아다니다니!"

"……."

표정 가득 불만이 서려 있는 팽도진과 달리 강상인은 침묵을 고수했다. 유백온이 앞으로 할 설명에 따라 자신과 신창부대의 운명이 달라지리란 판단이었다.

그런 그에게 의미심장한 시선을 던진 유백온이 천천히 작전 계획에 대해 설명했다. 엽자건이 내린 명령에 자기 나름대로 잔가지를 붙여서 만들어낸 세부 작전을 두 사람에게 인지시키기 시작한 것이다.

와호산 십 리 밖.

산 지형을 떠나 완만한 구릉 지대를 달려나가는 한 떼의 인마 중 장대한 체형의 척호가 존재하고 있었다.

척호는 자꾸만 불끈거리는 전신 근육을 억지로 짓누르고 있었다.

그의 뒤, 평생의 전우라 할 수 있는 척가군이 세 개 조로 나뉜 채 빠르게 움직이고 있었다. 곧 광풍노도처럼 밀어닥칠 해월낭인대의 공격을 분산시키기 위한 기본적인 진형과 움직임을 동시에 보이고 있는 것이었다.

'자건, 역시 욕심 많은 성격은 변함이 없구나. 이번 전쟁에서 가장 화려한 부분을 쏙 빼서 차지하다니 말야.'

척호의 눈빛, 내심의 투덜거림과는 다르다. 진중하게 가라앉은 채 깊은 염려와 우려의 기색이 부드럽게 머물러 있었다. 이번 기만 초토화전의 가장 위험한 부분을 엽자건이 자처해서 맡은 것에 대한 우려의 감정 때문이었다.

그러나 그는 이미 엽자건과 손속을 나눈 바 있었다.

결과는 무승부!

하지만 척호는 내심 자신이 패했다고 생각하고 있었다. 병법을 최우선으로 삼았으나 무공 역시 타고난 용력과 함께 만부부당의 위용을 자랑하던 자신을 엽자건이 봐줬다 여긴 까닭이다.

더군다나 병법에 대한 엽자건의 감각은 가히 천재적이었다.

짐승 같은 본능을 타고났다고 여겼다.

누군가에게 배워서 아는 게 아니라 그냥 한눈에 전장의 방향과 움직임, 핵심적인 사항을 알아내는 듯 보였다.

그게 이번 전쟁의 가장 중요한 부분을 엽자건에 맡긴 이유였다. 최후의 일격이 될 유군과 척가군의 대반격 작전을 척호 본인밖엔 맡을 사람이 없었다는 현실적인 부분과 함께 말이다.

'그런데 그 녀석, 여전히 염복은 참 많구나. 곁에 그렇게 예쁜 미인들이 잔뜩 모여 있으니, 곧 국수를 얻어먹을 수 있겠어. 물론 먼저 내가 먹게 해줘야 할 테지만 말야.'

엽자건같이 많은 미녀는 필요없었다.

척호에겐 오로지 양운정 단 한 명이면 족했다. 엽자건보다 먼저 장가를 드는 것과 함께.

잠시 생각이 딴 쪽으로 뻗쳐 나가자 척호가 만면 가득 어색한 미소를 매달았다. 사부 유대유가 부재한 유군을 여태까지 이끌어온 그이나 아직 약관에 불과한 나이였다. 연인 양운정과 관계된 일은 아직 떠올리기만 해도 부끄러움과 쑥스러움을 동시에 느낄 수밖에 없었다.

그때 그의 배후로 불만스런 기색이 완연한 혁련성이 다가들었다. 척가군을 세 개 조로 재배치하고 각기 도주 방향과 합류 지점을 지시하고 다니느라 힘들었는지 하룻새 볼살이 쑥 빠져 보인다.

"내일 이맘때까지 백 리 밖에서 합류하기로 정했습니다. 그런데 이렇게 죄다 산이고 들이고 불태워서 어쩔 작정이십니까?"

척호가 얼른 안색을 본래대로 바꿨다.

"소흥까지 이르는 삼백 리가량을 더 태울 작정이야. 이제 시작이니까 볼멘 표정은 이르다구."

"삼백 리를 더요?"

"그래 봤자 농경지는 거의 포함되어 있지 않아. 열 배가 넘는 대병력을 상대로 싸우는데 그 정도쯤은 각오해야 하지 않겠나?"

"그, 그렇기야 합니다만, 이 정도 불길이라면 자칫 부근의 농경지까지 피해가 갈 수도 있습니다. 산에서 나무나 약초를 캐면서 생활하는 사람들에게도 피해가 많을 거고요."

"알아. 그래도 어쩔 수 없어. 이 정도는 보여줘야 해월왕이 우리가 초토화전을 벌인다고 여길 테니까 말야."

"그래서 우리가 얻는 이득은 뭡니까?"

"시간과 길어지는 보급선에 대한 적의 당황감. 그로 인해 얻게 되는 심리적인 우위지."

"그것만으로 열 배나 되는 적을 이길 수 있는 겁니까?"

"무리지, 정상적인 병법상으로는. 본래 기책이란 건 사용하지 않는 게 낫기도 하고 말야. 하지만……."

"하지만?"

"…이번 경우엔 사정이 조금 달라. 완벽한 합공을 벌일 수 있게 되었거든."

"완벽한 합공이오? 그 정도로 엽자건이란 무림인을 믿으시는 겁니까?"

"그래."

척호가 대답과 함께 신뢰 어린 눈빛을 내비쳤다. 혁련성으로 하여금 엽자건에 대한 못마땅함을 새삼 증폭시키게 만드는 모습이었다.

'대장, 어릴 때 친구라고 너무 믿으시는 거 아닙니까? 대장이 진짜 믿어야 하는 건 생사고락을 함께해 온 척가군과 바로 저 혁련성이라구요! 그 기생오라비처럼 생긴 무림인 녀석이 아니구요!'

혁련성이 입을 불쑥 내밀었다. 물론 척호 몰래였다. 이런 식으로 질투의 감정을 드러내는 건 스스로 생각하기에도 옹졸한 짓이었기 때문이다.

*　　　*　　　*

해월왕의 미간 사이에 깊은 고랑이 팼다.

속전속결(速戰速決)!

부상국에서부터 그와 평생에 걸쳐 함께해 왔던 병법상의 대원칙이었다. 절대 이 원칙에서 벗어나는 병력 운용은 해본 적도 없고 할 생각 역시 없었다.

당연히 중원에서 해월낭인대를 일으킨 이후엔 더욱 그러했다.

수백 년간 계속 이어진 전란의 시대로 인해 단련된 부상국의 무사들에 비해 중원의 군부는 느슨하고 무력했다. 별다른 병진의 도움을 받지 않더라도 한 명의 부상 무인이 중원 군부의 병사 열 명을 감당할 수 있었다. 정면으로 맞붙었을 때 그러했다는 뜻이다.

나중에 곤왕 유대유가 유군을 일으켜 정면으로 공격해 들어올 때까지 해월왕의 해월낭인대는 자연스레 속도전에 길들여졌다. 굳이 지연전이나 방어전을 할 가치나 이유를 느끼지 못한 까닭이었다.

그렇기에 이번에도 해월왕은 자신이 있었다.

앞서 적의 기만전술과 포위섬멸전에 걸려든 귀견이 오 개 천인대를 날려먹었으나 전혀 개의치 않았다. 마령귀사 덕분에 그 같은 정보를 빠르게 입수한 후 해월낭인대를 재빨리 대병력으로 끌어모으는 게 성공했기 때문이다.

그 후는 질풍노도와 같은 속도전이었다.

해월왕은 친히 자신이 선두에 서서 해월낭인대의 행군을 독려했다. 대승의 마약 같은 취기에 도취해 전열이 크게 흐트러져 있을 유군과 그 외의 떨거지들을 단숨에 몰살시킬 작정이었다.

그런데 이게 어찌 된 일인가!

와호산에 가까워질수록 속도를 점점 더 높여가던 해월왕은 난감한 상황에 봉착하고 말았다. 족히 수십 개가 넘게 떠나보낸 척후조들이 하나도 귀환하지 않았을뿐더러, 와호산 부근에서 연이어 솟구친 거대한 불기둥이 그 원인이었다.

'설마 유군이 초토화전을 펼치기 시작한 것인가? 그렇다면 장기전을 치르기가 곤란해진다!'

속전속결의 가장 큰 장점은 속도다.

단점 역시 존재한다. 속도를 위해 최대한 몸을 가볍게 하고 움직이는 덕분에 많은 양의 군량과 보급을 갖추지 못한다는 점이었다.

그 결과 전날 해월왕은 유대유와의 첫 번째 조우에서 심각한 대패를 당한 후 거의 전 병력의 절반 이상을 잃어야만 했다. 후퇴를 거듭하던 중 보급이 끊겨서 아사자가 속출했기 때문이다. 당시 부상자들은 모두 폐기처분됐고, 건강하던 자들도 상당수 목숨을 잃어야만 했다.

당연히 주산군도에서 일으킨 두 번째 침공 때 해월왕이 가장 신경을 쓴 부분은 보급이었다. 다시 전날과 같은 뼈아픈 패배는 경험할 생각이 없었다. 그게 유대유가 부재한 유군이 여태까지 해월낭인대에게 밀릴 수밖에 없던 이유이기도 했다.

그런데 이번에는 사정이 조금 달랐다.

해월왕은 다시 속전속결의 버릇을 드러냈다. 속도를 위해 보급의 상당수를 포기했고, 지금 눈앞에서 보이는 초토화전에 당황할 수밖에 없었다.

'으음, 하필이면 마령귀사에게 귀살인도를 내줬을 때 이런 일이 벌어질 줄이야. 하지만 와호산 부근에서 불길이 치솟아오른 건 그리 오래된 일이 아니다. 거리 역시 그리 멀리 떨어진 건 아니고. 그렇다면 길은 한 가지뿐!'

해월왕은 곧 결단을 내렸다.

유대유를 만나기 전과 같이 결코 뒤를 돌아보지 않는 속도전의 버릇을 다시 드러낸 것이다. 앞서 귀견과 마찬가지로 열 배가 넘는 대병력과 유대유가 존재하지 않는 유군을 얕잡아보는 심사가 결합되어 만들어낸 패착이었다.

"진격의 속도를 높여라! 단숨에 와호산까지 진격하여 쥐새끼 같은 유군을 몰살시키리라!"

"우우우!"

계속된 강행군으로 지쳤을 법도 하건만, 해월낭인대의 낭인들은 강렬한 함성을 토해냈다. 주군으로 모시고 있는 해월왕에 대한 믿음과 그간 절강성과 광동성에서 올린 연전연승의 덕분이다.

그렇게 해월낭인대, 일만 이천 명의 대병력은 노도처럼 불타오르고 있는 와호산으로 진군했다.

그들의 뇌리 속, 단 한구석에서도 장기전이라거나 보급에 대한 걱정은 존재치 않았다. 여태까지 그런 것에 발목을 잡혔던 적이 단 한 번도 없었기 때문이다. 몇 명의 노병을 제외하곤 말이다.

＊　　　＊　　　＊

"우핫!"

엽자건의 목소리는 환호성에 가까웠다. 눈앞에서 해월낭인대가 노도처럼 몰려가고 있는데, 표정은 태연자약하고 눈빛은 밤하늘의 별처럼 차갑고 맑았다.

엄청난 대병에 살짝 질린 기색을 짓고 있던 이염은 어느새 빼 들고 있던 청룡도의 도배를 손가락으로 툭툭 건드렸다.

해월낭인대 선진이 거의 코앞이었다. 그런 곳까지 침투하고도 아무런 움직임을 보이지 않는 엽자건에 대한 불만이 얼굴 가득 번져 나오고 있었다.

"이제부터 어찌하려 하는가? 저놈들을 그냥 보내려는 건 아닐 테지?"

'그래도 여태까지처럼 불만을 곧장 입 밖으로 내지는 않는군. 이번 전쟁을 거치면서 폭급한 성미가 많이 개선된 것 같아.'

엽자건이 이염을 살피며 입가에 흐릿한 미소를 담았다. 문득 머리가 파뿌리처럼 변하고서도 아직 개방의 대소사를 직접 챙기고 있는 철담협개의 노안이 떠올랐기 때문이다.

"이 호법님, 대단하십니다. 일만 명이 넘는 대병을 홀로 상대하시려 하다니요? 삼국지연의에 나오는 관우나 장비 같은 만부부당(萬夫不當)을 직접 이루려 하실 줄은 몰랐습니다."

"케엑, 내 말은 그런 뜻이 아니고… 왜? 내가 못할 것 같은가?"

"물론 하실 수 있겠지요. 하지만 이 호법님의 만부부당은 다음날에 다시 부탁드리도록 하겠습니다. 지금 제게는 이 호법님의 힘이 반드시 필요하니까요."

"홍, 그렇게까지 말한다면 내 어쩔 수 없지."

이염이 나직이 코웃음 치면서도 내심 가슴을 쓸어내렸다. 천하에 두려울 게 없는 그였으나 만 명이 넘는 대병을 상대로 칼을 휘두를 생각은 없었다. 관우나 장비 같은 전설상의 용장이라 해도 홀로 만 명이나 되는 대군에 맞서 싸우진 않았을 거란 건 바보라도 알 수 있는 일이었기 때문이다.

그 모습을 본 엽자건이 다시 입가에 미소를 지어 보이곤 목소리를 조금 낮췄다.

"해월낭인대의 선진이 곧 이곳에서 빠져나갈 겁니다. 그때부터 우리는 움직이도록 합니다."

"후방 교란인가?"

"뭉뚱그리지 말고 콕 집어서 보급 부대만 노리도록 합니다."

"보급 부대만?"

"예, 그것만으로 충분합니다. 그것도 완전히 몰살시키지 말고 적당히 기습해서 타격만 주고 다른 쪽으로 움직입니다."

"보급을 완전히 없애 버리거나 빼앗는 게 아니고?"

"예, 그게 핵심입니다."

"……."

이염이 정말 곧 죽어도 모르겠다는 표정이 되었다. 제법 용병술이나 병법에 관한 조예가 있는 터이나 엽자건이 내놓은 작전은 전혀 사리에 맞지 않는다고 여겼다.

그때 곁에서 두 사람의 대화를 묵묵히 듣고 있던 남궁수가 미미하게 고개를 끄덕였다. 이염과는 달리 엽자건이 행하려는 게 무언지를 짐작해 낸 것이다.

이엽이 얼른 질문했다.

"남궁 계집애야! 너는 이놈의 밑도 끝도 없는 얘기가 뭘 의미하는지 아는 것이냐?"

남궁수가 다시 한차례 고개를 끄덕여 보이곤 엽자건을 바라봤다. 그의 허락을 구하기 위함이었다.

끄덕!

엽자건이 허락했다. 그러자 남궁수가 비로소 이엽에게 설명했다.

"제 생각에 천룡위주님께서는 이곳에서 관도대전(官渡大戰)을 재현하시려는 게 아닌가 합니다."

"관도대전? 삼국지의 그 관도대전을 말하는 것이냐? 조조(曹操)가 원소(袁紹)를 골로 보낸 그 싸움?"

"예, 그렇습니다. 그 당시 조조는 백마전투를 전초전으로 시작하여 원소와 결전을 벌이게 되었는데, 당시 유비가 여남(汝南)에서 역시 교란작전을 일으켜서 그를 도왔습니다."

"나도 삼국지 읽었다. 그런 잡스러운 거 말고 핵심만 요약해서 말해라!"

이엽의 핀잔에 남궁수가 다시 고개를 숙여 보이곤 설명을 계속했다.

"그럼 요점만 간추려 말하겠습니다. 조조는 당시 원소의 대군에 밀려서 패색이 짙었는데, 보급선의 허점을 찔러서 승리하게 되었습니다. 천룡위주님 역시 해월낭인대의 여러 곳

에 분산된 보급을 한곳으로 몰아넣어서 전쟁을 끝장내실 작
정이라 생각됩니다.”

“보급을 한곳으로 몰아넣는다구?”

“예.”

대답은 남궁수가 했으나 이염의 시선은 엽자건을 향하고
있었다. 진짜냐는 질문이었고, 엽자건의 답은 그렇다는 것이
었다.

으쓱!

어깨를 한차례 추어 보인 엽자건이 한쪽 입꼬리를 치켜올
렸다. 눈 속에서는 차가운 불꽃이 일렁거린다.

“본래 보급을 맡는 자들에게 가장 중요한 점은 식량을 빼
앗기지 않는 것입니다. 그런 보급이 공격을 당하면 불안이 쌓
이고, 불안이 쌓이다 보면 모이고 싶어지게 마련이지요. 한데
뭉쳐 있어야 강하고 안전해진다는 생각 때문이지요. 그 순간
이 바로 우리가 노려야 할 때입니다.”

“그전에 척가군이 붙잡힌다면 어쩌고?”

“그렇게 되진 않을 겁니다. 뒤에 남겨진 천룡영웅대가 계
속 유격전으로 선진의 움직임을 더디게 만들 테니까요. 그리
고 계속 기만전술을 펼쳐서 유군이 초토화전을 펼치고 있다
는 착각을 불러일으킬 테니, 해월낭인대는 열흘이 가기 전에
전열이 완전히 흐트러지고 말 겁니다.”

“그때 척가군과 유군이 합세하여 놈들을 공격할 테고?”

“천룡영웅대도 놀고만 있진 않을 겁니다. 해월왕의 목을 다른 자에게 넘기진 않을 테니까요.”

“해월왕의 목은 내 거다!”

“실력이 되신다면 말리지 않겠습니다. 하지만 해월왕은 곤왕과 일기토를 벌이고도 살아남은 자입니다. 상상 이상의 강자란 걸 잊지 마십시오.”

“흥, 그러니까 내가 나서겠다는 거다. 여기서 놈을 상대할 수 있는 자가 이 이염 외에 누가 있겠느냐?”

“…….”

엽자건이 대답 대신 그냥 웃어 보였다.

이염의 이 같은 자신만만함을 그는 매우 좋아했다. 또한 내심 이번 기회에 반드시 마령귀사와의 질긴 악연을 끝장낼 작정이었다. 동시에 두 명이나 되는 강적을 상대하긴 쉽지 않으니, 이염의 힘이 반드시 필요하기도 했다.

‘그런데 희한하군. 해월낭인대의 선진에서 전혀 인자들의 움직임이 보이지 않으니 말야.’

전날 귀견이 이끌던 오 개 천인대와 초전을 벌일 때 경험한 귀살인도의 인자들은 예상을 월등히 뛰어넘을 만큼 강했다. 초반에 자칫 대응을 잘못했으면 실질적인 전투가 시작되기도 전에 엄청난 피해를 당했을지도 몰랐다.

그렇게 잠시 귀살인도 인자들에게 생각이 집중되자 문득 떠오르는 얼굴이 있다. 꽤나 공을 들여서 살려놓고도 아무 조건 없이 놔준 벽안 금발의 인자 아가씨였다.

'그러고 보면 나도 이상해졌군. 다른 때 같았음 어떻게든 인자의 비밀을 캐내거나 마령귀사를 제압하는 데 이용하려 했을 텐데, 그냥 놔줬으니 말야.'

처음부터 생각했던 일이 아니다.

그냥 충동적으로 엽자건은 환월을 놔줬다. 중독 증상으로 죽어가던 그녀를 살린 것도 마찬가지다. 그는 평상시와 달리 아무런 사심 없이 손을 썼다. 묘하게도 평생 처음 보는 그녀에게서 깊은 동질감을 느낀 까닭이었다.

사내답지 않게 잘생긴 얼굴과 남과 다른 미모.

각자 사정은 상당히 다르지만 말로 하지 않아도 느낄 수 있는 생채기가 있었다. 자신의 의지와 달리 세상에 태어나 남들에게 핍박당하고 시달리며 마음속에 쌓아온 울분과 분노가 바로 그것이었다.

그런 게 아닐 수도 있었다.

엽자건과 환월의 경우는 완전히 다른 것일 수도 있었다.

하지만 엽자건은 그렇게 공감했고, 환월의 처지를 가엾게 여겼다. 자신과 마찬가지로 스스로의 힘으로 새로운 세상에서 다시 새 삶을 시작할 수 있게끔 기회를 주고 싶었다. 그냥 그런 마음이 되었다.

으쓱!

거기까지 생각한 엽자건이 어깨를 한차례 추어 보이곤 다시 현실로 돌아왔다. 어차피 이제 다시 환월을 보게 될 일은 없었다. 그녀에게 유달리 굴었던 자신의 심리 상태 역시 굳이 들춰낼 필요를 느끼지 못했다.

그때 남궁수가 나직하게 말했다.

"천룡위주님, 선진이 완전히 시야 밖으로 떠나갔습니다."

"그렇군."

한차례 고개를 끄덕인 엽자건이 이염에게 싱긋 웃어 보였다.

"이제부터 힘 좀 쓰셔야겠습니다."

이염이 기다렸다는 듯 맞받았다.

"힘을 쓰는 건 문제가 없는데, 해월왕은 반드시 내게 맡겨 줘야만 해!"

"그 싸움, 기대가 됩니다. 하지만 지금은 먼저 바삐 움직일 때입니다. 제가 그동안 포로들로부터 알아낸 바에 의하면 해월낭인대의 보급은 꽤나 여러 개로 나뉘어 움직이니까요."

"해적질하고 노략질이나 하는 쪽발이들이 어련할까?"

"그럼 가시죠."

엽자건이 숨어 있던 장소에서 재빨리 신형을 일으켜 세우자 이염이 얼른 그 뒤를 따랐다. 그리고 남궁수는 두 사람을 따르기 직전 수신호로 역시 매복해 있던 용자조에게 이동 명령을 내렸다.

사삭! 사사사삭!

　해월낭인대의 선진이 만들어놓은 자욱한 흙먼지 사이로 백여 명의 그림자가 신속하게 움직였다. 엽자건의 말마따나 이제부터 아주 바빠질 게 분명해 보이는 모습들이었다.

　잠시 후.
　엽자건 일행이 매복해 있던 자리에 하나의 섬세한 그림자가 떨어져 내렸다.
　인자 특유의 모양새?
　언뜻 그리 보였던 그림자는 보통의 인자와 달리 진면목을 아무렇지도 않게 드러내고 있었다.
　풍성한 금갈색의 머리카락.
　새하얗고 뚜렷한 이목구비.
　중원에서 흔히 볼 수 없는 이국적인 미모의 소유자는 바로 얼마 전 엽자건과 헤어진 환월이었다.
　물론 그녀의 이 같은 변화는 엽자건 덕분이었다. 그가 헤어지기 전 했던 당부대로 다시는 인자로 살지 않겠다고 결심했기에 맨얼굴을 그대로 드러낸 채 활동하고 있는 것이다.
　낼름.
　손가락으로 집어든 흙을 혀로 핥은 환월의 눈에 가벼운 이채가 서렸다. 생각했던 것보다 빨리 엽자건 일행의 뒤를 따라잡았다는 판단 때문이다.

‘그 사람은 정말 대담하구나. 해월낭인대의 본진에 이 정도로 가깝게 침투해서 움직일 생각을 하다니 말야. 만약 귀살인도의 인자들이 정상적으로 해월낭인대와 함께하고 있었다면 당장 포위를 당하고 말았을 거야.’

그녀는 엽자건의 뒤를 따르던 중 아주 중요한 일을 알아냈다. 해월낭인대와 함께하던 귀살인도의 소집령을 특유의 암호문을 통해 발견해 낸 거였다.

물론 이는 마령귀사의 명을 받은 환야가 내린 소집령이었다.

거기까지는 짐작치 못했으나 환월은 이 정보가 엽자건에겐 매우 중요한 것이란 점을 알 수 있었다. 그가 하월낭인대와 전쟁을 벌일 때 유리한 고지를 선점할 수 있게 되었다는 판단이었다.

그렇게 잠시 생각을 정리한 환월이 천천히 신형을 바로 했다. 이제 슬슬 다시 엽자건의 뒤를 따를 때가 되었다. 어째서 그가 해월낭인대의 후위 쪽으로 향했는지는 모르겠지만 말이다.

‘일단 그에게 귀살인도가 해월낭인대와 결별했다는 사실을 알린다. 그러면 그도 내가 그렇게 가치없는 여자가 아니란 걸 인지하게 될 것이다. 분명히!’

엽자건을 떠올리자 묘하게 가슴이 뜨거워진다. 심장 부위에서 기묘한 두근거림마저 인다.

하지만 환월은•특급의 인자였다.

얼른 심장의 박동 소리를 평상시처럼 잦아들게 만든 그녀가 고양이처럼 기민한 동작으로 움직이기 시작했다. 다시 하나의 그림자로 화한 것이다.

주(註)

　관도대전(官渡大戰) : 중국 후한 말 삼국시대 초기 관도(官渡 : 현재의 하남성 중모현 근처)에서 조조(曹操)와 원소(袁紹)가 벌인 큰 전투이다. 적벽대전과 이릉대전과 함께 삼국시대의 흐름을 결정지었던 중요한 전투이다. 좁은 의미로는 관도에서 벌어진 전투라고 볼 수 있으나, 넓은 의미로는 원소와 조조의 일련의 항쟁을 합친 큰 전투였다. 백마전투를 전초전으로 시작하여 원소의 곁에 있던 유비가 여남(汝南)에서 교란작전을 일으키는 등 중원 일대를 둘러싸고 벌어졌다.

第五十八章
건곤일척(乾坤一擲)

第五十八章

少林棍王
소림곤왕

승주(繩州).

소흥과 회계산으로부터 기다랗게 이어져 있는 관도에 존재하는 소읍인 이곳은 근래 황량한 장소가 되었다. 해월낭인대의 선진을 지원하기 위해 움직이던 십여 개의 보급 부대가 몰려들며 벌어진 일이었다.

그로 인해 한 사내가 지금 고뇌에 빠져 있었다. 후방 보급의 총책임자 격인 유성검문의 십대도객 중 수장인 일도(一刀)가 바로 그였다.

'어째서 열 개나 되는 보급 부대가 단 이틀 사이에 이곳으로 몰려들었단 말인가? 이렇게 되면 당장 선진 부대에 대한

군량과 병참 지원이 완전히 끊기게 되는데…….’

그의 걱정은 결코 과한 것이 아니었다.

속전속결을 선택한 해월낭인대 선진의 속도는 굉장했다. 웬만한 보급 부대로는 그 뒤를 따르기가 결코 쉽지 않았다.

그래서 선택한 게 보급 부대를 쪼개는 것이었다. 열 개로 나뉜 보급 부대를 점조직처럼 운용해서 선진 부대의 속도를 따라가려 한 것이다.

여태까지 일도의 이 같은 보급 운용은 꽤나 잘 먹혀들었다. 절강성을 떠나 부근의 광동성을 공략할 때는 대공을 세우기도 했다.

그런데 이번에는 사정이 달랐다.

평소처럼 속전속결에 나선 해월낭인대의 선진에 맞춰서 점조직으로 운용되던 보급 부대들이 연속적으로 공격을 당했다. 각기 피해는 그리 크지 않았지만, 심리적인 타격은 극심했다. 꽤나 오랫동안 이런 식으로 공격당하는 상황을 경험해 보지 못한 까닭이었다.

그 결과가 바로 지금과 같은 어처구니없는 상황을 만들어 냈다.

공포를 느낀 보급 부대들은 일도가 짜놓은 점조직을 벗어나 각기 합류하기 시작했다. 한데 모여서 자신들을 노리는 적을 공동 대처하려 마음먹은 것이었다.

‘그나마 내가 있는 승주로 몰려온 건 아주 다행스런 일이

다. 십대도객 중 다섯이 함께 온 것도 그렇고.'

승주로 몰려온 보급 부대의 책임자들 중에는 일도와 유성검문에서 동문수학한 사제들이 포함되어 있었다. 부상국제일의 명문인 유성검문의 십대도객 중 여섯이 오랜만에 한자리에 모이게 된 셈이다.

그렇다면 승주에 모인 보급은 그다지 큰 문제가 되지 않는다. 어떤 간 큰 자가 있어 해월낭인대 최강의 십인 중 여섯 명이 모여 있는 장소를 공격해 들어올 엄두를 내겠는가?

그때 고심에 빠져 있는 일도를 향해 다섯 명의 도객이 다가들었다. 각기 한 자루 예리한 명도와 같은 기운을 풍기는 그들이야말로 일도가 마음 든든해하는 사제들이었다.

그들 중 머리가 좋고 계산이 빠른 육도(六刀)가 얼른 나섰다. 표정이 일도만큼이나 좋지 못하다.

"대사형, 느낌이 좋지 않습니다."

"육사제, 말해보게."

일도는 평상시 육도를 꽤나 신뢰하고 있었다. 칼솜씨는 몰라도 머리를 쓰는 건 항상 자신보다 낫다고 여겼다.

육도가 다른 사형제들을 살피곤 말했다.

"제가 사형들처럼 병법에 대해 잘은 모릅니다만, 이번 같은 상황을 과거 어떤 책에서 본 바가 있었던 것 같습니다."

"책에서 봤다고?"

"예, 중원의 후한 말 삼국 시절 관도대전에서 원소군의 병참선이 조조군에 의해 붕괴될 때와 아주 흡사합니다. 조조군은 원소군의 병참선을 이번처럼 한곳에 몰아넣은 후 화공을 펼칩니다. 군량을 죄다 불태우는 것으로 원소군의 대병력을 아사 상태에 빠지게 만든 것입니다.”

“나도 삼국지연의를 봤는데, 그 계책은 본래 허유가 조조에게 알려준 거 아닌가?”

“일반적인 소설상에선 그렇습니다만, 어찌 원소의 백만 대군이 갖고 있는 군량 창고가 오소 한 곳에만 존재했겠습니까?”

“그럼…….”

“정사(政事)에 의하면 조조군이 오소를 공격한 건 허유 때문이 아니었습니다.”

“그, 그렇군.”

일도가 떨떠름한 표정으로 고개를 끄덕여 보였다. 육도가 언급한 책이 자신이 읽은 소설 삼국지연의와는 완전히 다른 종류임을 뒤늦게 눈치챈 까닭이었다.

그때 곁에서 두 사람의 대화를 묵묵히 듣고 있던 삼도(三刀)가 미간 사이의 흉터를 꿈틀거리며 끼어들었다.

“육사제, 그럼 지금 당장 아랫놈들한테 몽땅 군량들을 짊어지게 하고 이곳을 떠나야 하는 게 아닌가?”

“그도 그렇군.”

“삼사형의 말이 옳은 것 같습니다.”

이도(二刀)와 오도(五刀)가 얼른 삼도의 말에 찬동하고 나섰다. 육도의 말이 꽤나 사리에 맞다고 여긴 까닭이다.

그러나 육도는 천천히 고개를 가로저었다.

"만약 제 생각이 맞다면 절대 그리해선 안 됩니다."

"어째서 그렇지?"

일도의 의문 섞인 질문에 육도가 다른 사형제들을 한차례씩 바라본 후 설명하듯 말했다.

"우선 주군이 걱정됩니다. 승주로 보급 부대들이 모조리 모여들었으니 평소처럼 속도전을 펼치고 있을 선진 부대의 보급선이 완전히 끊겨 버렸을 겁니다. 그리고 더 문제는 이미 보급 부대를 습격했던 적들이 이곳 승주로 몰려오고 있을 거란 점입니다."

"이곳에서 해월낭인대의 군량과 보급품을 모조리 태워 버리려고?"

"그렇습니다. 그리되면 주군과 해월낭인대 전군이 매우 위태로워질 겁니다. 평상시처럼 약탈을 해서 어느 정도까지는 버틸 수 있다 해도 중원의 관군이 유군과 함께 몰려든다면 전날처럼 난처한 지경에 빠지지 말라는 법이 없습니다."

"그러니 당장 군량을 짊어지고 이곳을 빠져나가야 하지 않겠는가?"

"거기까지 적들은 예상하고 있을지도 모릅니다. 만약 그렇다면 저희 보급 부대는 섶을 짊어지고 불 속으로 뛰어드는 부나방이나 다름없이 될 것입니다.”

“……”

육도의 설명을 들은 일도가 이마를 손으로 짚었다. 듣고 있기만 해도 속이 메슥거린다. 마치 한번 빠지면 결코 빠져나올 수 없는 수렁을 만난 것 같다.

그때 여태까지 단 한마디도 없이 침묵을 고수하고 있던 사도(四刀)가 입을 열었다.

“해월낭인대는 언제나 속도전이었습니다. 이번이라 해서 다르진 않습니다.”

“속도전?”

일도가 시선을 던지자 사도가 눈을 빛내며 말을 이었다.

“예, 속도전입니다. 그러니 우리 역시 최대한 몸을 가볍게 한 채 이동해야만 합니다.”

“군량을 포기하잔 말인가?”

“최소한 삼분지 이 이상을 포기해야 합니다.”

“……”

일도가 다시 입을 다물었다. 그러자 육도가 얼른 찬동하고 나섰다. 그 역시 그 같은 생각을 하고 있던 참이었기 때문이다.

“사사형의 말이 옳습니다. 지금 중요한 건 군량의 양이 아니라 속도와 안전입니다.”

“그렇지만……”

"식량이나 보급 물자는 다시 약탈하면 됩니다. 아까워할 것 없습니다."

"…알겠네!"

결국 일도가 결정을 내렸다. 다른 사형제들이 모두 사도와 육도의 말에 찬동하고 나섰다. 자신만 계속 반대를 할 수는 없었다.

한데, 그때였다.

천여 명에 이르는 보급 부대로 벅적거리고 있던 승주의 한 켠에서 커다란 소동이 벌어졌다. 갑자기 하늘에서 번쩍거리는 불덩이들이 날아들기 시작한 때문이다.

육도가 경호성을 발했다.

"화공입니다! 적이 벌써 승주에 도착한 겁니다!"

일도의 눈에서 살기가 뿜어져 나왔다. 자신이 망설이다가 적의 화공에 직면했다. 자책감이 적에 대한 분노로 표출되지 않을 수 없었다.

그 순간, 사도가 움직임을 보였다.

그는 어느새 대태도를 끄집어낸 채 느닷없이 당한 화공에 우왕좌왕하고 있는 병사들을 향해 달려갔다. 차가운 일갈 역시 터뜨리는 걸 잊지 않는다.

"모두 불길로부터 떨어져라! 불길을 잡을 생각하지 말고 당장 몸만 챙겨서 빠져나와! 그리고 방진이다! 방진을 펼쳐서 적의 기습에 대비하라!"

"사사형……."

육도가 잠시 감탄한 기색을 지어 보이다 역시 대태도를 끄집어냈다.

화공과 가장 궁합이 잘 맞는 것!

다름 아닌 기습이다. 특히 이렇게 허를 찌르는 공격을 당했을 때는 두 번 생각할 것도 없었다. 기습에 당장 대비해야만 했다. 그것도 아주 무서운.

곧 일도와 다른 사형제들도 역시 대태도를 빼 들고 병사들에게 뛰어들었다. 느닷없는 화공에 당황한 부하들을 안정시키고 방어진을 펼치게 하려면 아주 바삐 움직여야만 했다.

*   *   *

"제법!"

엽자건이 슬쩍 이를 드러냈다.

그는 해월낭인대의 선진으로부터 점조직화되어 있던 보급부대를 떼어내 승주에 집결시킨 장본인이었다. 곧바로 화공을 지시한 후 벌어진 일련의 일의 관조자가 된 건 지극히 당연한 일이었다.

물론 그런 관조자의 위치는 극히 짧은 순간일 뿐이었다.

곧 그의 시야 속으로 청룡도와 하나가 된 채 불길 속으로 뛰어든 이염과 여전히 백의를 고수하고 있는 남궁수가 보였

다. 각기 용자조 중 정예 오십 명씩을 거느린 두 사람은 동쪽
과 서쪽으로 맹렬히 파고들어 가고 있었다. 일단 화공을 화끈
하게 펼쳤으니 이젠 기습을 펼쳐서 눈앞의 보급 부대를 완전
히 끝장낼 작정을 한 것이다.

하지만 그 와중에도 엽자건의 시선을 계속 잡아끄는 건 이
염이나 남궁수가 아니었다. 생각보다 빨리 화공의 혼란을 털
어내고 방어진 구축에 나선 몇 명의 무사들이었다.

딱 보니 감이 온다.

그들이야말로 엽자건이 해치워야 할 존재였다.

뚜둑! 뚜두두둑!

엽자건이 오랜만에 몸의 용골을 가볍게 풀고 삼절마곤을
결합시켰다.

목표물 확인이 끝났다.

이젠 그가 움직여야 할 때였다.

그런데 곧바로 금강부동보 중 부풍무영을 펼치려던 엽자
건이 갑자기 눈살을 찌푸렸다. 그의 자연스레 확장되어 있던
감각 속으로 파고들어 온 미세한 움직임을 간파해 낸 까닭이
다.

'이 느낌은… 익숙한데?'

익숙한 느낌.

전장에서 한차례 이상 마주친 적이 있는 상대란 뜻이다. 그
렇지 않다면 이 정도까지 살갗에 착 감겨들어 오진 않을 터이

기 때문이다.

그렇다면 무얼 망설이랴!

부아앙!

엽자건의 삼절마곤이 순간적으로 대기를 뒤흔들었다. 그냥 휘두른 게 아니라 일시지간 곤압을 최대한 일으켜서 주변의 대기를 꽈배기처럼 꼬아버린 것이다.

반응은 곧바로 왔다.

한차례 삼절마곤이 휩쓸고 지나간 자리에서 하나의 그림자가 불쑥 모습을 드러냈다. 전날 엽자건을 매우 괴롭혔던 적이 있었던 환월의 갑작스런 등장이었다.

"어? 너는……."

"더 강, 강해졌구나……."

환월의 더듬거리는 목소리 속에서 가래 끓는 소리가 일었다. 엽자건의 삼절마곤이 만들어낸 곤압에 걸려들어 내기가 마구 뒤엉켜 버린 까닭이다.

'내상을 입었군. 아직 독상에서 완전히 벗어나지 못해서 몸도 성치 않을 텐데…….'

내심 혀를 찬 엽자건이 재빨리 환월에게 다가갔다. 그녀가 중독된 암혈독의 무서움을 누구보다 잘 아는 터였다. 애써서 구해낸 그녀를 그냥 놔둘 수는 없었다.

타탁!

엽자건이 재빨리 완혈을 잡아채 오자 환월의 시선이 가볍게 흔들렸다. 완혈을 타고 몸속으로 침투해 들어온 한줄기 따뜻하면서고 강한 기운이 낯설지 않았다. 암혈독에 중독되었을 때 엽자건이 불어넣어 준 세수경의 내공이었기 때문이다.

'그때는 정신을 잃어서 잘 느끼지 못했는데, 이 사람은 정말 내공이 대단하구나. 중원의 무인들을 꽤나 많이 접했지만 이렇게 강하고 순후한 내력을 가진 자는 본 적이 없었다. 게다가 나한테 역시 잘해줘…….'

내공으로 남을 치료하는 일은 매우 어렵다.

중원의 무인들 중 고수 급에 속하는 자들도 쉽사리 남에게 베풀어주지 않는 일임을 환월은 알고 있었다. 하긴 자신이 애써서 쌓아올린 내력이다. 어찌 남에게 함부로 나눠줄 수 있겠는가? 친인이라 해도 쉽지 않은 일일 터였다.

발그레!

환월의 하얀 얼굴이 가볍게 상기되었다.

엽자건에게 구함을 받은 후 종종 발생하곤 하던 기묘한 증상이 하필이면 이때 고개를 치켜올렸다. 한 번도 경험한 바 없던 일이라 대처 방법 역시 알지 못한다. 그냥 참고서 감내해야 할 뿐이었다.

'귀엽군.'

엽자건이 환월의 발갛게 익은 얼굴을 한차례 살피곤 천천히 그녀의 몸속에 내기를 불어넣었다. 혹시라도 독기가 다시 준동하여 몸을 망치지 않도록 최선을 다했다.

그런데 갑자기 환월이 엽자건에게서 몸을 빼냈다. 귀살인
도 비전의 환마류 은영술을 발휘해 엽자건의 제압을 벗어난
것이다.

꿈틀!

엽자건의 미간 사이가 좁혀졌다.

"날 못 믿는 건가?"

환월이 얼른 고개를 가로저었다. 얼굴이 여전히 붉게 달아
올라 있다.

"그럼?"

"곧 사도가 올 거예요. 미리 준비하고 있는 편이 좋아요."

"사도?"

"해월왕 휘하 십대도객 중 가장 매서운 눈을 가진 자예요.
아마 지금쯤 당신의 위치를 간파했을 거예요. 그의 칼은 진짜
이니, 당신도 조금쯤은 긴장하는 편이 좋아요."

"과연 그렇군. 게다가 매서운 건 눈뿐만은 아니지 싶군."

"……."

환월이 비로소 이상한 낌새를 눈치채곤 긴장된 표정이 되
었다. 어느새 엽자건과 자신 주변으로 천라지망이 펼쳐졌음
을 눈치챈 것이다.

'역시 아직 몸 상태가 완벽하게 회복되지 않았구나. 이런
노골적인 살기를 이렇게 늦게서야 파악하다니…….'

그녀는 내심 스스로를 자책하며 재빨리 자세를 바로잡았

다. 엽자건과 함께 천라지망을 뚫을 심산이었다. 자연스레 그
와 자신을 운명 공동체로 판단 내렸다.

그때 엽자건이 고개를 옆으로 슬쩍 기울여 보였다. 시선 역
시 삐딱하다.

"도움은 필요없어."

"아무리 당신이라도 혼자서 저 정도의 숫자를 감당하긴 힘
들어요."

"한 스무 명 되나? 얼마 되지도 않는 숫자네."

"그중 십대도객이 적어도 셋은 섞여 있어요. 해월왕조차
십대도객을 한꺼번에 상대할 수 있는 숫자는 네 명을 넘기지
못했어요."

"그래?"

"그래요."

"그건 좀 아쉽구만. 몰려오는 김에 아예 네 명을 맞춰서 올
것이지. 그럼 나중에 해월왕과 붙었을 때를 대충 예상할 수
있었을 텐데 말야."

"그……."

환월이 어처구니없는 표정이 된 것과 동시였다.

그녀를 향해 빙글거리고 있던 엽자건이 갑자기 움직임을
보였다.

부아앙!

어깨 위에 아무렇게나 걸치고 있던 삼절마곤이 다시 대기

를 진동시켰다. 곤압이 사방으로 퍼져 나갔다. 마치 작은 폭 풍우를 만들어낸 것이나 다름없었다.

더불어 허리춤에서 빠져나온 패왕검!

순간적으로 대지를 박차며 부동무상을 펼친 엽자건이 언제나와 마찬가지로 역수 형태가 된 패왕검을 천지종횡으로 휘둘렀다. 그와 환월을 동시에 압박하며 좁혀들던 천라지망 중 한 군데를 사정없이 찢어발긴 것이다.

"크악!"

"크아악!"

처절한 비명이 잇달아 터져 나왔다. 삼절마곤이 형성시킨 작은 폭풍우 속에서 튀어나온 검광이 만들어낸 참극이었다. 한차례의 참마육합도에 세 명의 생명이 땅에 떨어졌다.

"하앗!"

"요홋!"

그 순간 천라지망 속에서 나직한 기합성과 함께 섬뜩한 도광이 솟구쳤다. 스무 명의 도객들 사이에 몸을 숨기고 있던 이도와 육도가 비로소 모습을 드러낸 것이었다.

'옆구리와 허벅지?'

엽자건은 영사와 같이 자신을 노리며 파고드는 두 개의 도기가 노리는 위치를 단숨에 간파하곤 눈살을 찌푸렸다. 그동안 상대했던 부상국 무사들과 달리 일격필살이 아니란 점이 마음에 걸린다.

흔들.

엽자건의 신형이 순간적으로 두 개로 나뉘었다.

부동무상이다.

그러자 두 개의 도광이 일순 그의 몸을 투과했다. 배후를 노리고도 옷자락 하나 잘라내지 못했다. 애초에 일격필살의 살기가 느껴지지 않는 공격이었다. 부동무상의 움직임을 파괴할 만한 날카로움이 있을 리 만무했다.

착각이었다.

일순 엽자건은 미간 사이가 뜨끔해지는 걸 느꼈다.

'이거였나?

엽자건은 굳이 고개를 치켜올리지 않았다.

전장의 한가운데서 혈전을 벌일 때와 마찬가지다. 이런 때는 본능에 몸을 맡기는 게 최선이었다.

휘릭!

엽자건의 신형이 순간적으로 철판교를 이뤘다. 미간을 노리며 공중에서 떨어져 내리는 사도의 칼날을 그렇게 간발의 차로 피해냈다.

푹!

그것만으로 끝일 리 없다.

곧바로 상반신을 가볍게 비튼 엽자건이 패왕검을 바닥에 가볍게 꽂았다. 탄력이 필요했기 때문이다. 그 뒤의 그는 용수철의 화신이었다.

번뜩!

엽자건의 신형이 일순 공중에 떠올라 있던 사도보다 높이 뛰어올랐다. 양손에는 삼절마곤이 들려져 있다. 패왕검을 버리고 삼절마곤으로 최종적인 승부를 보려 한 것이었다.

부아앙!

삼절마곤이 사도의 머리로 떨어져 내렸다. 평범한 태산압정(泰山壓頂)이나 속도는 전혀 그렇지 않았다. 절정 검수의 쾌검보다 더욱 빨랐다.

쩡!

곤과 도가 맞부딪쳤는데 쇠종이 우는 소리가 난다.

사람은 어찌 되었을까?

사도는 자신의 대태도와 함께 사정없이 바닥으로 나뒹굴었다. 족히 삼 장은 나가떨어진 것 같다.

"하핫!"

엽자건은 크게 웃었다.

오랜만에 짜릿한 손맛이다. 환월의 말마따나 칼질깨나 한다. 그러면 다른 자들은 어떨까?

스스슥!

엽자건의 신형이 흐릿한 분영을 만들어냈다. 다시 부동무상이 펼쳐진 것이다.

더불어 최초와 같은 곤압을 형성한 삼절마곤!

뒤늦게 다시 달려든 이도와 육도를 동시에 휩쓸어 버린다.

아니다. 그들뿐만이 아니라 나머지 무사들 역시 가만 놔두지 않는다. 막무가내로 쓸어버렸다.

"으악!"

"크악!"

"우와악!"

순식간에 학살이 벌어졌다.

삼절마곤이 일으킨 곤압에 휘말려든 무사들이 사방으로 나뒹굴었다. 누구 하나 몸이 성치 못하다. 깨지고 부서지고 박살 났다. 최초 패왕검에 의해 깔끔하게 죽은 자들을 부러워할 만한 모습들이 되어버렸다.

"칙쇼!"

그 광경을 보다 못해 이도가 욕설과 함께 대태도와 혼연일체가 되었다. 해월낭인대와 맞붙은 이래 엽자건이 늘상 접하곤 했던 일격필살의 도법이 비로소 펼쳐진 것이다.

번쩍!

'처음부터 그렇게 나왔어야지!'

엽자건이 환상처럼 자신을 향해 파고드는 이도의 도광을 향해 이를 드러냈다. 중원 검법의 신검합일을 뛰어넘는 속도와 살기에 자연스레 몸이 반응을 보인다. 오랜만에 펄떡거리는 진짜 싸움을 하게 되었다는 뜻.

스스슥!

또다시 엽자건의 신형이 두 개로 나뉘었다. 삼절마곤 역시 놀고만 있을 리 만무한 터. 번개처럼 이도의 도광을 꿰뚫는다. 천사일로 무정세다.

"쿨럭!"

순간 엽자건의 지척까지 다가서지도 못한 채 이도가 대태도와 함께 멈춰 섰다. 삼절마곤에 가슴이 완전히 뭉개진 채.

"이사형!"

육도가 비명에 가까운 노성을 터뜨렸다. 그 역시 이도와 마찬가지로 대태도와 하나가 되었다. 바람같이 발걸음을 움직이며 엽자건의 하반신을 훑어온다.

흔들.

그러나 때를 함께해 엽자건은 왼발을 축으로 몸을 회전시켰다. 애초부터 육도가 이런 식으로 달려들 줄 알고 있기라도 한 것 같은 기가 막힌 움직임이다.

콰득!

다시 삼절마곤이 육도의 가슴을 꿰뚫었다. 또다시 펼쳐진 천사일로 무정세가 이도와 마찬가지로 육도를 끝장냈다. 마치 누군가에게 보여주기라도 하려는 것처럼 완벽하게 똑같은 동작으로 그리했다.

'나에게 보여주려 한 것인가? 압도적인 힘의 차이를……'

사도가 수중의 대태도를 내려뜨린 채 엽자건을 핏발 선 눈으로 노려봤다. 사형제들의 죽음을 눈앞에서 지켜봤다. 분노로 인해 평상시의 냉정함을 계속 유지하기가 쉽지 않았다.

그러나 그는 엽자건에게 다시 달려들지 않았다. 수중의 대태도를 치켜올릴 힘조차 남아 있지 않았기 때문이다.

처음의 일격!

그것으로 승부는 끝났다. 그래서 이도와 육도의 죽음을 그냥 지켜보고 있어야만 했다.

엽자건이 그에게 시선을 던졌다. 언제 광기에 가까운 살기를 뿜어냈냐는 듯 평안을 되찾은 표정이다. 입가에는 부드러운 미소마저 매달려 있다.

"더 싸우고 싶나?"

"마치 날 살려주겠다는 뜻 같군?"

"맞아. 더 이상 날 귀찮게 하지 않겠다면 살려줄 생각이야."

"약속은 할 수 없다. 네가 오늘 죽인 건 피를 나눈 혈육이나 다름없는 동문 사형제들이니까."

"전장에서 이뤄진 생사결전이었다. 은원을 들먹이는 것은 우스운 짓이야. 하지만 다른 전장에서 날 만난다면 오늘의 원한을 갚는 것도 나쁘진 않겠지."

"반드시 다시 만나게 될 것이다. 나는 주군을 찾아갈 테니까."

"그렇군."

엽자건이 미미하게 고개를 끄덕여 보였다. 근시일 내에 사도와 다시 만나게 될 것을 그 역시 알고 있었던 것이다.

사도는 뒤도 돌아보지 않고 떠나갔다.

아직 불길에 휩싸여 있는 승주의 싸움은 끝나지 않았으나 전혀 개의치 않았다. 자신과 사형제들이 대부분 죽은 상태에서 화공과 기습을 동시에 당한 전투를 남은 자들이 감당해 낼 수 없다는 판단을 내린 때문이었다.

'죽여 버릴 걸 그랬나?'

엽자건은 잠시 사도를 놔준 것에 대해 후회했다.

강한 사내다, 무공과 심기 양쪽으로.

그런 자를 놔줬다는 건 후일 대가를 치를 일 하나를 남겨 뒀다는 뜻이었다. 곧 있을 해월왕과의 건곤일척(乾坤一擲)을 위한 미끼로 삼기에는 조금 부담스런 인물이란 생각도 들었다.

그러나 이미 던진 패였다.

때늦은 고민으로 기운을 뺄 생각은 없었다.

뚜둑! 뚜두두둑!

다시 몸을 한차례 푼 엽자건이 다시 패왕검을 손에 쥐었다. 슬슬 이염과 남궁수를 지원하러 갈 때가 되었다는 판단이었다. 그때 환월이 얼른 다가들었다.

"어째서 사도를 보낸 거죠? 당신은 포로로 잡은 적을 놔주는 게 버릇인 건가요?"

“맞아.”

엽자건의 장난기 섞인 대답에 환월의 입술이 살짝 앞으로 튀어나왔다. 얼굴에는 뾰로통한 기색마저 보인다.

“당신은 항상 그런 식이로군요.”

“어떤 식?”

“자신의 본심을 절대 남에게 얘기하지 않는 거요.”

“본래 내 성격이 좀 음흉하거든. 그런데 역시 사도를 그냥 놓아준 건 실수였던 건가?”

“당연해요. 그는 부상국제일의 무문인 유성검문의 제자들 중에서도 가장 무서운 인물이었어요. 지금은 당신의 상대가 되지 않지만 후일의 성취는 어찌 될지 알 수 없어요.”

“후일까지 살아남는다면 그럴 테지.”

“예?”

“아마도 그는 해월왕의 손에 죽을 거야. 그러니 후일의 성취를 내가 걱정할 필요는 없지 않겠어?”

“…….”

환월이 이해할 수 없다는 표정이 되었다. 엽자건이 한 말의 의미를 곧바로 이해하지 못한 것이다. 그러나 그의 말을 의심하지도 않았다.

‘여전히 이해하기 힘든 사람. 하지만 더 이상 날 쫓아낼 생각은 없는 것 같으니 상관없으려나? 내 몸이 회복되면 그를 지켜내는 것 정도는 할 수 있을 테니까.’

어째서 엽자건의 뒤를 쫓아온 것일까?

환월은 계속해서 자신에게 자문하고 있었으나 자답을 내놓지는 못했다. 스스로도 혼란스런 마음의 갈피를 잡을 수 없었기 때문이다.

지금은 아니다.

그녀는 엽자건과 재회한 후 마음속의 번민을 싹 지워 버렸다. 자신을 향한 그의 미소를 보고 확신을 갖게 되었다. 앞으로 남은 인생을 엽자건과 함께하겠다는.

그때 여전히 불길 속에 휩싸여 있는 승주 쪽을 힐끔 곁눈질한 엽자건이 입가에 한숨을 매달았다. 장탄성이다.

"하아! 끝났잖아."

"뭐가 끝났다는 거죠?"

"싸움."

엽자건이 짤막한 대답과 함께 승주 쪽을 손으로 가리켰다.

그러자 과연 방금 전까지 치열하게 들려오던 파공성과 비명성 대신 열렬한 함성이 연달아 울려 퍼지고 있었다. 누가 봐도 대승을 거둔 자들이 열광하는 모습이었다. 해월낭인대의 후방 보급선이 완전히 끊어진 것과 함께 말이다.

으쓱!

어깨를 한차례 추어 보인 엽자건이 어슬렁거리며 걸음을 옮기자 환월이 얼른 따라붙었다. 발걸음이 무척이나 가벼운게 더 이상 독상의 영향이 느껴지지 않는다.

*   *   *

　다각! 다각!

　해월왕은 천천히 움직이고 있던 말의 고삐를 잡아당겼다.

　부상국에서 전국시대가 끝나며 무수히 많은 혼란을 경험하며 단련된 그의 육체는 강철이나 다름없었다.

　어떠한 시련이나 고난도 능히 이겨낼 힘을 가지고 있었다. 그렇기에 곤왕 유대유에게 당한 치욕적인 패배 역시 이겨낼 수 있었다.

　그로 인해 해월왕을 아는 자들은 그를 철혈의 승부사라 주저없이 말하곤 했다. 어떠한 상황 속에서도 반전을 일으킬 수 있는 능력자란 뜻이었다.

　그런데 그 철혈의 승부사인 해월왕의 안색이 지금 무척 어두웠다. 일주야에 걸친 추격전 끝에 얻은 것이 아무것도 없을 뿐더러 계속해서 날아드는 속보가 그의 힘을 빠지게 만들었다. 그의 인생에 처음 있는 일이었다.

　'어째서 하루 전부터 유군을 쫓는 속도를 줄였는데도 보급이 도착하지 않는 것인가? 저들이 초토화전을 벌였으니 주변을 약탈해서 보급을 수급할 수도 없게 되었거늘.'

　그렇다.

지금 그를 힘 빠지게 만들고 있는 건 며칠 전부터 완전히 끊긴 보급선이었다.

속도전의 관건은 가벼운 몸가짐이다.

모든 병력을 기마병으로 만들 수 없는 해월낭인대에겐 더욱 그러했다.

당연히 해월왕이 이끌고 온 해월낭인대의 선진은 고작 이틀치의 군량만을 지니고 있었다. 후방에서 삼 일째부터는 보급을 원활하게 지원해 줘야만 한다는 뜻이다.

그게 틀어졌다.

척호의 척가군이 도주하며 펼친 초토화전으로 인해 약탈을 할 수 없는 상태에서 후방의 보급마저 끊겼다. 유백온이 이끄는 천룡영웅대의 유격전으로 상당한 속도와 병력을 잃어버린 해월낭인대의 선진으로선 이러지도 저러지도 못하는 꼴이 되어버린 것이다.

물론 방도가 아예 없는 건 아니었다.

더욱 속도를 높여서 그리 멀지 않은 소흥을 점령하는 것이었다. 따라잡기 힘든 척가군과 천룡영웅대를 아예 외면하고 속도를 끌어올린다면 소흥까지는 하루 반나절이면 족할 거리였다.

해월왕은 천천히 고개를 가로저었다.

'소흥은 절강성에서도 꽤나 중요한 방어 요충지다. 공성전에 경험이 일천한 해월낭인대로선 도모하기가 쉽지 않다고

할 수 있다. 만약 후방에서 언제든 쇄도할 수 있는 유군이 없다면 몰라도.'

소홍.

탐나는 먹잇감이다.

하지만 언제나와 마찬가지로 유군이 눈엣가시였다. 소홍을 공략하던 중 유군에게 합공을 당한다면 승패를 장담할 수 없기 때문이었다.

그렇다면 방도는 하나다.

휘하 병사들이 더 굶주리기 전의 재빠른 회군. 병법의 이치상 결코 어긋나지 않는 일이었다.

한 가지 문제가 있었다. 바로 며칠 전부터 지독히도 따라붙으며 선진의 진격을 교란하고 있는 천룡영웅대였다.

그들의 유격전과 무력은 예상을 뛰어넘는 수준이었다. 만약 회군을 감행한다면 상당한 거리를 유지하고 있는 척가군이 따라붙기까지 그들을 먼저 제거해야만 할 터였다.

그때 해월왕의 곁으로 네 명의 범상찮은 인상의 사무라이들이 다가들었다. 해월왕 측근 중 최강의 무인이라 할 수 있는 유성검문 십대도객 중 선진에 속한 사 인이었다.

그중 귀견과 함께 해월낭인대의 모사 역할을 맡고 있던 십도(十刀)가 군례를 취해 보인 후 정중하게 말했다.

"주군, 보급이 끊긴 지 벌써 사흘이 지났습니다. 굶주린 병사로 승리를 쟁취할 순 없는 법. 결단을 내리셔야 할 때가 된 것 같습니다.”

“결단을 내릴 때가 되었다?”

“속하에게 병사 삼천만 내려주십시오. 후방에 남아서 적의 유격전을 차단하겠습니다.”

“삼천으로 되겠느냐?”

“후방의 보급이 완전히 끊기지 않은 이상 사형들이 곧 달려올 것입니다. 그때까지만 버티면 될 터이니, 삼천이면 충분합니다.”

“…….”

해월왕의 눈빛이 가볍게 흔들렸다.

머리가 무척이나 총명한 십도였다. 그래서 귀견과 함께 모사로 삼고 항상 곁에 두고 있었다. 그런 그가 현재 해월낭인대가 처한 상황을 인지하지 못했을 리 만무했다.

‘전군을 살리기 위해 옥쇄를 택하려는 것이더냐? 하지만 네 머리가 나는 아깝구나!’

내심 눈을 빛낸 해월왕의 시선이 침묵을 택하고 있는 다른 사무라이들을 향했다. 그중 무력이 강하고 충직한 성품인 칠도(七刀)가 눈에 들어왔다.

“칠도, 네게 병사 삼천을 내주마. 후방에 남아서 적의 유격전을 차단토록 하라!”

“존명!”

칠도가 얼른 복명했다. 십도가 일순 안타까운 표정을 지어 보였으나 전혀 개의치 않았다. 그 역시 십도보다는 자신이 이번 임무에 적합하다 여기고 있었기 때문이다.

한데, 그때였다.

해월왕과 함께 있는 동안에도 주변에 대한 경계를 풀지 않고 있던 십도를 비롯한 네 명의 도객이 바짝 긴장한 표정이 되었다. 멀리서 피칠갑을 한 척후 한 명이 위태롭게 말을 달려오고 있는 광경을 목도한 까닭이다.

'소흥 방면으로 나갔던 녀석인데……'

해월왕의 예리한 눈이 대번에 척후의 정체를 간파해 냈다. 십도 역시 많이 늦진 않았다.

"소흥 방면으로 나갔던 척후조에 속해 있던 자입니다."

"따라붙는 자들이 있을지도 모른다. 얼른 호위하도록."

"존명!"

칠도와 팔도(八刀), 구도(九刀)가 동시에 복명한 후 타고 있던 말에 박차를 가했다. 고작해야 척후 한 명을 호위하기 위해 절정의 도객 세 명이 나선 것이다.

지난 머칠간 그들을 몹시도 괴롭혔던 천룡영웅대와의 유격전이 만들어낸 기현상!

그렇게 세 명의 도객이 떠나간 것과 동시였다.

홀로 해월왕의 곁에 남아 있던 십도가 안색을 굳힌 채 입을 열었다.

"주군, 어쩌면 우리는 또다시 저들의 기만전술에 당한 것인지도 모르겠습니다.”

“소홍 방면에서 기다리고 있던 유군의 본대가 움직이기 시작했다고 생각하는 것이냐?”

“다른 이유를 알아내기가 쉽지 않습니다. 또한 어쩌면 후방의 보급 부대 역시 기습을 받았을지도 모릅니다.”

“네 전제가 맞다면 타당한 판단이다. 하지만 유군에게 그만큼의 병력이 있겠느냐?”

“모르겠습니다. 그리고 그 점이 속하를 불안하게 합니다.”

“약해졌구나, 십도! 저들에겐 곤왕이 없다. 만약 네 말대로 병법상의 이점을 취했다 해도 해월낭인대를 이길 수 있는 힘이 저들에겐 없다.”

“분명 그렇습니다만……”

“게다가 만약 진짜로 저들이 그리 나왔다면 오히려 반가운 일이다. 드디어 건곤일척이다. 전날의 수치를 씻을 수 있는 기회가 된 것이야.”

“…주군.”

십도가 패기만만한 해월왕의 말에 굳어 있던 표정을 풀었다.

그의 눈앞에 있는 사람은 부상국제일의 무가인 야규가와 사문인 유성검문 역사상 최강의 인물이었다.

단지 무력만 높은 게 아니었다.

그는 병법자로서 부상국의 혼란 가득한 전국시대를 거쳤

고, 단신으로 중원에 넘어와 해월낭인대란 거대 조직을 일으
켜 세웠다. 잠시 수세에 몰렸다 하여 쉽사리 마음이 꺾일 리
만무했다.

'그래, 드디어 건곤일척이다. 우리를 포위해서 수세에 몰
아넣었다고 방심할 유군의 본대를 끌어들여서 섬멸전을 벌인
다. 우리 해월낭인대에겐 분명 그만한 힘이 있어.'

내심 눈을 빛낸 십도가 신뢰 어린 표정으로 해월왕을 바라
봤다. 여태까지 은연중 두려워했던 그가 지금 이 순간은 더할
나위 없이 믿음직했다.

마음속의 지주랄까?

그에게 있어 해월왕 야규 세이쥬로는 그런 존재였다. 최소
한 지금은 그러했다. 분명히.

第五十九章
곤왕추포(棍王追捕)

少林棍王
소림곤왕

두두두두두!

엄청난 흙먼지를 일으키며 몰려온 대병을 향해 척호가 특유의 우렁찬 목소리로 소리쳤다.

"형제들, 그동안 잘 먹고 잘 지냈는가!"

"우와아아아!"

유군의 선임 천인장 우승이 이끌고 온 팔천 명의 유군이 천지가 떠나갈 듯한 함성으로 화답했다. 척호와 혁련성의 척가군과 조우하기 전까지 진짜 오랜만에 잘 먹고 잘 지냈다. 사기가 하늘을 찌를 정도가 된 것도 무리는 아니었다.

또한 눈앞에 불구대천의 원수라 할 수 있는 해월낭인대가 크게 전열이 흐트러진 채 퇴각하고 있었다. 그동안의 울분과 분노를 모아 드디어 복수할 시간이 왔으니, 사기가 하늘을 찌르는 게 당연했다.

"좋아."

척호가 한차례 고개를 끄덕이곤 우승을 바라봤다. 그동안 자신의 독단적인 작전에 줄곧 불만을 내비쳤던 그에게 아량을 베풀어달라는 신호를 보내기 위함이었다.

우승이 나직이 코웃음 쳤다.

"소장은 절대로 이번 일을 그냥 간과하진 않을 것이오. 제 맘대로 유군 전체를 움직여서 이런 사단을 일으켰으니 말이오."

"기어이 사부님께 일러바칠 작정이십니까?"

"물론이오. 하지만……."

"하지만?"

"일단 해월낭인대를 몰살시키는 게 우선이니, 소장은 지금부터 절대적으로 척 장군의 명을 따르겠소이다. 마음껏 싸워보도록 하시오."

"감사합니다."

척호가 우승에게 반례로 고마움을 표했다. 유군 최고의 숙장이라 할 수 있는 그의 이 같은 전폭적인 지지야말로 진심으로 기대했던 바였다.

혁련성이 슬그머니 끼어들었다.

"대장, 그런데 진짜 이대로 해월낭인대와 전면전에 들어가시려는 겁니까? 한 며칠 더 굶기고서 결전에 들어가는 것도 나쁘진 않을 것 같은데요?"

척호가 고개를 가로저었다.

"그랬다가는 여태까지 보여줬던 초토화전이 거짓이었다는 게 들통날 가능성이 높아. 설마 인근의 민가들이 약탈당하는 걸 바라고 있는 건 아닐 테지?"

"절대 아닙니다!"

"알고 있어. 거기다 이유는 그것만은 아냐."

"다른 이유가 있는 겁니까?"

"지금까지 척가군의 뒤를 지켜줬던 건 천룡영웅대다. 그들의 유격전이 있었기에 해월낭인대 선진의 속도전에 따라잡히지 않을 수 있었어. 그러니 이젠 우리 차례다. 여태까지 계속 저들을 괴롭혔던 천룡영웅대를 위해 전면전에 나설 때가 된 것이야. 이런 생각은 병법을 다루는 자로서 너무 무른 것 같나?"

"절대 아닙니다! 저를 비롯한 척가군의 형제들은 그래서 대장에게 목숨을 바칠 수 있는 겁니다!"

"고맙다."

나직한 한마디와 함께 척호가 혁련성의 어깨를 한차례 두드려 주곤 말 머리를 돌렸다. 이제 슬슬 해월낭인대의 둘로 나뉜 병력을 향해 맹렬한 돌격전을 감행할 때가 되었다는 판단이었다. 촌각도 뒤로 미룰 수 없었다.

쓱!

척호의 손이 들어 올려졌다 곧장 아래로 떨어져 내렸다.

돌격 명령!

그의 의지를 전달받은 척가군 중 기마 부대가 맹렬히 돌격하기 시작했다. 그리고 그 뒤를 따르는 유군의 장창 부대!

둥둥둥둥!

진격을 알리는 대고성이 울려 퍼졌고, 척호가 장창을 손에 들었다. 이제야말로 마음껏 싸워볼 때였다. 곧 반대편에서 치고 들어올 엽자건의 천룡영웅대를 더 이상 신경 쓰지 않고.

'해월왕과는 아주 오래전부터 싸워보고 싶었다! 자건, 그것만은 네가 양보할 수 없구나!'

문득 엽자건의 준미한 얼굴을 떠올린 척호가 입가에 특유의 선 굵은 미소를 만들어냈다. 거침없는 박력과 용력. 그가 유일하게 엽자건보다 낫다고 여기는 것이었다. 이제 그걸 다시 확인시켜 줄 때였다.

"타핫!"

척호가 박차를 가했다. 장창을 곧추세운 채였다.

"성미 급한 놈!"

엽자건은 나직이 혀를 찼다.

그의 곁에는 연이은 혈전으로 인해 전신에 피칠갑을 한 수백 명의 천룡영웅대가 모여 있었다. 먼저 유격전에 들어간 유백온이 이끄는 중군과 비교해 봐도 그다지 나을 게 없는 모습들이다.

목진풍이 입술을 잔뜩 내밀었다.

"형님, 어째서 이리 늦으신 겁니까? 진짜로 우리 풍자조 거지들, 죄다 죽을 뻔했습니다."

"고생했다. 그런데 너 어째서 여기 있는 거냐?"

"예?"

"중군을 맡고 있는 유 조장이 죽도록 유격전을 벌이고 있는데, 후방으로 빠져나와 있어선 안 되는 거잖아?"

"그게 중간에 갑자기 배가 아파서……."

"똥 싸려고 뒤로 물러났다는 거야?"

"…예."

목진풍의 대답과 함께 얼굴을 벌겋게 물들였다. 엽자건에게 말을 하고 보니, 자신이 마치 대단한 비겁자가 된 듯 느껴졌기 때문이다.

픽!

엽자건의 입가에 절로 미소가 매달렸다. 그의 이런 점을 정말 좋아한다.

"유군이 움직였으니, 우리도 지금 당장 합공에 들어가도록 한다. 이제부터는 그냥 치고 빠지기가 아니라 진짜로 전

면전을 벌이는 거야. 그러니 다시 배가 아파오면 그냥 바지
에다 싸!"

"예, 형님!"

"좋아."

엽자건이 목진풍의 어깨를 한차례 두드려 주곤 시선을 이
가흔에게 던졌다.

"이 부조장은 목 조장을 호위하도록! 그의 목숨을 맡기는
거니까 절대로 한눈팔아선 안 돼!"

"알겠어요. 그런데……."

"사적인 질문은 받지 않겠다. 곧바로 풍자조와 함께 전투
준비에 들어가도록!"

"……."

이가흔이 원망스런 표정으로 엽자건을 한차례 바라보곤
얼른 고개를 옆으로 돌렸다. 여기서 그에게 평상시처럼 엉겨
붙을 순 없다는 현실적인 판단을 내린 것이다.

그때 남궁수와 환월이 엽자건에게 거의 동시에 다가왔다.
두 여인 모두 이가흔과는 달리 당장 전투에 뛰어들 수 있는
만반의 준비를 갖추고 있었다.

"소떼를 끌어모아서 절벽 위에 대기시켰습니다."

"좋아. 내가 신호를 보내면 남궁 조장이 직접 절벽 아래로
몰아넣으라구."

"예."

남궁수가 대답과 함께 곧바로 신형을 날렸다. 절벽에 마련해 놓은 소떼를 향해 떠나간 것이다.

환월이 그런 그녀를 눈으로 살피곤 미미하게 고개를 가로저었다. 일시지간 그녀의 허점을 전혀 발견할 수 없었다. 그동안 독상도 상당히 호전된 만큼 인자로서의 감각이 떨어진 까닭만은 아닐 터였다.

"괜찮지?"

"괜찮은 정도가 아니에요. 남궁 조장은 진짜 무인이에요. 특히 전장 속에서는 더욱 무서워요. 여자로서는 물론 내가 낫지만."

"허!"

엽자건이 환월의 귀여운 질투에 입을 가볍게 벌렸다. 하지만 근래 은근슬쩍 자신에게 들러붙은 그녀가 왠지 밉지 않았다. 감요진을 잃어버린 후 느꼈던 가슴속의 상실감이 많이 메워진 것 같았다. 어째서인지는 몰라도.

환월이 그런 그를 빤히 바라봤다. 뭔가 하고 싶은 말이 있는 듯한 표정이다.

"말해."

엽자건이 허락하자 그녀가 말했다.

"이번 전투에서 제가 당신의 방수가 되게 해줘요."

"아직 독상이 완치되지도 않았잖아?"

"많이 회복되었어요. 게다가 당신이 만약 죽기라도 하면 몸이 정상이 된다 한들 무슨 소용이 있겠어요? 나는 벌써 미 망인이 되고 싶진 않아요."

"허!"

다시 엽자건이 입을 벌렸다.

중원과 부상국의 문화적인 차이려나?

환월은 언제 무감정한 인자였냐는 듯 날이 갈수록 적극적 으로 변해가고 있었다. 이런 모습은 털털한 이가흔조차 따르 지 못할 듯하다.

'뭐, 이런 방수 한 명쯤 뒤에 두는 것도 나쁘진 않겠지.'

결국 엽자건이 고개를 끄덕여 보였다. 환월을 자신의 방수 로 인정한 것이다.

방긋!

언뜻 환월의 입가에 부드러운 미소가 떠올랐다. 오로지 엽 자건에게만 보여주는 그녀의 일편단심(一片丹心)이었다.

그러나 어느새 엽자건은 신형을 돌려세우고 있었다.

눈앞에서 펼쳐지고 있는 장대한 모습!

지금이야말로 양측의 대군이 맞부딪쳐 피비린내나는 혈전 을 벌이기 직전이다. 더 이상 이런 곳에서 시간을 낭비하고 있어선 곤란했다.

"그럼 지금 곧바로 참전이다! 모두 나를 따르라!"

"우와앗!"

목진풍이 소리를 있는 대로 질러댔고 이가흔과 환월을 비롯한 수백 명의 천룡영웅대가 일제히 움직이기 시작했다.

여전히 피칠갑을 한 얼굴들이나 눈빛만은 생생히 살아나 있었다. 언제나 천룡영웅대를 승리로 이끌었던 엽자건이 함께하고 있기 때문이었다.

'천룡위주가 있는 한 우리는 무적이다!'

'이긴다! 반드시 이긴다! 우리에겐 엽 무상이 있으니까!'

그때 엽자건이 손을 들어 올렸다.

전군 진격의 명령!

해월낭인대와 유군이 뒤엉킨 전장에 새로운 바람이 불어왔다. 진한 피비린내와 더불어.

*   *   *

중경(重慶).

이곳은 사천 분지 동남부, 장강과 가릉강(嘉陵江) 사이의 반도형 구릉에 자리 잡고 있는 삼천 년 역사의 고도(古都)이다.

산수(山水)가 아름다울 뿐만 아니라 장강 상류에 위치한 수류 교통의 중심지인데, 도시 전체가 기복이 심한 언덕으로 이루어졌기 때문에 산의 도시[山城]라 불렸다.

그런 중경성 내 외곽에 위치한 십자로 중 동로(東路)를 따라 걸어가면 한 채의 거대한 성채가 모습을 드러낸다. 바로

근래 사천무림을 중심으로 재탄생된 무림맹의 총단이 이곳에
자리 잡고 있었던 것이다.

천무각(天武閣).
무림맹의 초대 맹주인 독존 당무양의 거처인 이곳에 긴장
감이 감돌고 있었다. 사천 무림대회 후 처음으로 무림맹 총단
을 찾아온 개방 방주 철담협개 이구가 바로 앞에 앉아 있는
것과 크게 관계가 없지는 않은 듯하다.
후룩!
급하게 마련된 다과 중 다구를 들어 찻물을 한 모금 입에
담은 당무양이 눈매를 살짝 가늘게 만들어 보였다.
"그래, 어쩐 일이신 게요?"
철담협개가 입가에 못마땅한 주름을 만들어 보였다.
"마치 이 늙은 거지가 못 올 곳에 왔다는 듯한 말투가 아닌
가?"
다구를 내려놓은 당무양이 표정을 평상시처럼 돌려놨다.
철담협개의 방문에 대한 의구심을 여전히 마음속에서 거둬들
이지 않은 채였다.
"전날 이 방주께서는 노부의 간절한 부탁을 떨치고 성도를
떠나셨소이다. 이렇게 갑자기 중경까지 달려온 것에 의아한
감정이 드는 것도 무리는 아니지 않겠소이까?"
"흥, 그때 일을 아직도 가슴속에 품고 있었던 겐가? 당시

내상을 입은 이 늙은 거지가 어찌 무림맹의 태상장로란 중책을 맡을 수 있었겠는가? 애초부터 무리한 부탁을 했었던 것이지.”

“흐음, 그리 부상이 컸던 것이었소이까?”

당무양의 노골적인 비아냥에 철담협개의 안색이 붉게 달아올랐다. 삼기에 속한 그가 새외칠마 중 한 명인 잔혹마군 냉고성에게 부상을 당한 건 일생일대의 수치였다. 비록 당시 당무양의 손녀인 당소교의 암습이 있었긴 하나 철담협개 정도의 대고수가 명백한 하수에게 낭패를 당한 것에 대한 변명은 되지 못했다.

‘이노무 노독물 녀석! 아직도 제 손녀딸이 냉고성에게 납치당한 것에 앙심을 품고 있구나!’

사람은 본시 자신이 보고 싶은 것만 본다.

특히 당무양처럼 평생을 제 마음대로 살아온 절대의 인물은 더욱 그러했다. 그는 철담협개를 암습한 당소교에게 피치 못할 사정이 있었을 거라 여기고 있었다. 그렇지 않다면 무엇이 아쉬워서 당소교가 그런 말도 안 되는 짓을 벌였겠는가.

‘그러니 이 쓸모없이 나이만 처먹은 늙은 거지 녀석이 문제인 것이다. 그때 이 늙은 거지가 바보같이 냉고성에게 당하지만 않았다면 소교가 납치당하는 일은 절대 벌어지지 않았을 것을.’

동상이몽이다.

서로가 서로를 탓하고 원망한다.

삽시간에 속 좁은 어린애가 되어버린 두 사람이 잠시 동안 상대방을 노려봤다. 만약 이곳이 현재 전 무림의 시선이 모아져 있는 신무림맹의 총단이 아니었다면 두 사람 중 먼저 손을 쓰는 이가 생겼을지도 모르겠다.

그나마 대협의 기풍이 있는 철담협개가 먼저 표정을 누그러뜨렸다. 그가 갑작스레 중경을 찾아온 건 당무양과 싸우기 위함이 아니라 몇 가지 중요한 사항을 전달해 줄 요량이었다. 계속 신경전을 벌이고 있을 시간이 없었다.

"크헐, 그런데 여기 참 좋구만. 역시 돈 많은 사천당가다워. 돈을 쓸 때는 아주 화끈하게 쓰거든."

당무양도 계속 화를 내고 있을 수만은 없다. 어쨌든 철담협개 덕분에 당소교로 인해 당할 뻔했던 큰 망신을 면한 건 사실이었기 때문이다.

"어찌 본 가 혼자의 힘으로 이 거대한 역사를 이룰 수 있었겠소이까? 다른 여러 세가와 문파에게 많은 도움을 받았소이다."

"개방에서 별달리 해준 게 없는 건 미안하네. 자네도 알다시피 우리 거지들이 무슨 재물이 있겠는가?"

"마음만이라도 고맙소이다. 그런데 진짜 어째서 이곳까지 어려운 걸음을 하신 것이외까?"

"그게 말일세……."

잠시 말끝을 끈 철담협개가 갑자기 강력한 내력을 일으켰다. 순간적으로 호신강기를 확장시켜 천무각 내 맹주 집무실의 내부를 둘러싼 것이다.

당무양의 한쪽 눈썹이 슬쩍 치켜올라 갔다.

"어째서 그러시는 것이오?"

"지금부터 이 늙은 거지가 하는 말을 잘 들으시게. 아무래도 곧 사천무림에 다시 혈풍이 불어닥칠 것 같으이."

"혈풍?"

"이 늙은 거지가 줄곧 포달랍궁의 황금대불마차의 뒤를 쫓아온 것은 잘 아실 것일세. 곤왕이 당부한 일도 있었고 말일세."

"기어이 대법대불왕이 움직였다는 것이오?"

"이를 말인가? 대리 점창파 부근의 열 개 문파가 요 몇 달 사이에 모조리 포달랍궁의 휘하에 복속되었다네. 북원 타타르의 북혈단(北血團) 역시 움직이기 시작했고 말일세."

"북혈단이라면… 그 원제국 시절에 포달랍궁의 라마승들과 함께 중원무림을 휩쓸었던 그자들을 말하는 것이오?"

"그렇네. 곤왕의 우려대로 대법대불왕이 진짜 중원무림을 도모할 마음을 품었음이 분명하네."

"건방진!"

당무양의 전신에서 일순 검은 기류가 뭉클거리며 일어났

다. 그가 고심참담 끝에 재현해 낸 귀염독화공이 무형지기와 함께 몸 밖으로 모습을 드러낸 것이다.

"진정하시게!"

철담협개가 질색한 표정이 되었다. 당무양의 귀염독화공에서 뿜어져 나온 무형의 독기에 일순 숨이 턱 하고 막혀왔다. 만약 화경에 이른 내공진기가 없었다면 단숨에 중독되고 말았으리라.

"이런, 용서하시오!"

당무양이 비로소 자신의 신색을 깨닫고 얼른 귀염독화공을 거둬들였다. 표정이 사뭇 겸연쩍다. 철담협개 앞에서 천연의 노기를 드러낸 게 부끄러웠다.

반면 철담협개는 새삼스런 표정이 되었다. 곤왕 유대유가 어째서 눈앞의 노독물에게 자신이 비운 중원을 부탁했는지 비로소 알 것 같았다.

'허헛, 무섭구나! 무서워! 이런 말도 안 되는 독공을 익히고 있다니…….'

내심 혀를 찬 철담협개가 표정을 관리한 후 말했다.

"그래서 이제부터 자네는 정보 관리에 만전을 기해야만 할 것일세. 알다시피 원제국 시절 북혈단의 주 업무는 무림 고수의 암살과 정보 조작이었으니까 말일세."

"그렇지. 분명 그렇긴 한데……."

"그렇긴 한데?"

“…이 방주도 알다시피 신무림맹은 아직 체계가 확실하게 잡히지 않았소이다. 북혈단같이 체계화된 조직에 대항할 만한 정보 조직을 일시에 갖추긴 힘들 것이외다.”

“개방이 도와주겠네.”

“그래 주시겠소이까?”

“……”

당무양이 반색을 해 보이자 철담협개가 입가에 씁쓰레한 기색을 담은 채 천천히 고개를 끄덕여 보였다. 문득 귓가로 엄청난 기세로 쨍알거릴 손녀 이가흔의 목소리가 들려오는 것 같았기 때문이다.

‘허헐, 근석 이번에 절강성에서 돌아오면 엄청나게 날뛰겠구만. 어서 시집을 보내 버려야 할 것인데……’

그러고 보면 이가흔도 생각만큼 맹탕은 아니다. 있는 대로 뺄 때는 언제고 냉큼 엽자건의 천룡영웅대에 끼어들었으니, 철담협개가 놀랄 정도로 적극적인 움직임이 아닌가.

손녀 이가흔을 떠올리자 문득 절강성 쪽이 궁금해졌다. 해월낭인대는 곤왕 유대유가 고전했을 만큼 강했다. 경험도 일천한 후기지수 위주로 구성된 천룡영웅대가 선전을 할 가능성은 그리 높지 않다는 생각이 들었다.

“그런데 천룡영웅대는 어찌 되었는가?”

“천룡영웅대?”

“그렇네. 해월낭인대와 전투를 치르긴 했다던가? 요사이

운남 쪽을 뛰어다니느라 강남 쪽 소식은 전혀 듣지를 못해 궁금하네.”

“선전 중이라고 들었소이다.”

“정말인가?”

“노부도 의외였소이다만, 소주의 양가신창보에서 보내온 소식이니 틀림이 없을 것이외다.”

“허헐!”

철담협개가 환한 표정으로 너털웃음을 터뜨렸다. 엽자건과 손녀 이가흔이 전투를 함께하며 애틋한 사랑을 꽃피울뿐더러 선전까지 하고 있다니 이보다 더 기쁜 일은 없을 듯했다.

“……”

그런 철담협개를 당무양이 인상을 찡그린 채 바라봤다. 그가 이토록 기뻐하는 까닭을 대충 짐작할 수 있었기 때문이다.

*　　　*　　　*

산해관.

북방의 대지로부터 중원을 경계 짓고 있는 만리장성은 언제나와 마찬가지로 침묵 속에 거친 바람을 맞고 있었다. 마치 오로지 그것만을 위해 만들어진 듯 보이기까지 한다.

문득 거친 초원 위로 한 명의 사내가 모습을 드러냈다. 지난 일 년여간 후금의 영역인 드넓은 북방의 초원지대에서 악전고투의 나날을 보낸 곤왕 유대유였다.

그의 외양은 떠날 때와 조금 달라져 있었다.

얼굴을 특징짓는 봉황안이나 기품 넘치는 얼굴은 여전하나 옷차림은 누더기가 따로 없었다. 군데군데 피딱지가 묻어 있고, 피풍의 역시 이곳저곳 구멍 나 있었다. 이곳까지 오는 동안 후금 팔기군의 정예 병력과 적어도 열 차례 이상 생사결전 벌이며 얻은 흔적들이었다.

저 멀리 보이는 만리장성의 구비진 성벽.

그곳의 중간에 만들어져 있는 산해관의 너른 대문을 바라보는 유대유의 얼굴에 만감이 서렸다.

"나는 결국 다시 중원으로 돌아왔다. 하지만 이룬 것은 아무것도 없구나……."

자조 섞인 뇌까림.

만약 그 한 사람을 죽이기 위해 무차별 공격을 감행했던 팔기군의 정예병들이 들었다면 기함을 터뜨렸을 만한 말이다. 지난 수개월간 그의 엄청난 무위와 용병술 덕분에 북방의 초원을 호령하던 팔기군은 심각한 타격을 당해야만 했다.

뿐만 아니다.

유대유에게 정예 군사를 보냈다가 대패를 당한 팔기군 여덟 부족은 이후 아주 심각한 후유증에 시달리게 된다. 여태까지 힘으로 찍어누르고 있던 초원 일대의 다른 부족들이 일으킨 난과 여덟 부족 간의 서열 재정립이 본격화된 까닭이었다.

하지만 유대유는 목표로 했던 황천기주의 암살을 이루지 못한 것이 여전히 마음에 걸렸다.

직접 본 그는 능히 천하를 한 손에 움켜쥘 만큼의 야심과 힘을 겸비한 효웅이었다. 중원의 미래를 위해서는 반드시 죽여야만 했다.

'이것이 천의(天意)인가? 나는 최선을 다했으나 실패했다. 그러니 이제 다시 그를 암살할 기회를 잡을 수는 없을 것이다.'

직접 몸으로 경험한 후금은 강했다. 중원의 무신이라 추앙받던 곤왕 유대유가 간신히 목숨만 건져서 장성으로 도주할 수밖에 없을 만큼.

잠시 회한에 빠져 있던 유대유가 천천히 걸음을 옮겼다.

어찌 됐든 그는 살아남았다.

더 이상 실패한 자객행에 연연해선 안 됐다. 그에겐 아직 처리해야 할 일이 너무나 많이 남아 있었다.

그렇게 유대유가 산해관의 바로 앞에까지 이르렀을 때였다. 언제나와 다름없이 굳게 닫혀져 있던 관문의 대문이 마치 그를 기다렸다는 듯 천천히 열렸다. 관측병이 유대유가 다가오는 걸 확인하고 상관에게 알렸음이 분명하다.

'그사이 책임자가 바뀐 것인가?

유대유의 봉황안이 기묘한 광채를 발했다.

전날 그는 산해관을 지키고 있던 장수의 옹고집 덕분에 몰래 장성을 뛰어넘어야만 했다. 문을 열어주지 않으니 어쩔 수 없었다. 평상시 얼마나 주변 민간인들이 피해를 당하고 있을지 대충 짐작이 가는 바였다.

그런데 지금은 정반대였다.

굳이 유대유가 관문 앞에 도착하기도 전에 문을 열고 있었다. 왕후장상이라도 온 것같이 말이다.

그때 완전히 열린 관문의 대문 안쪽에서 한 무리의 사람들이 우르르 모습을 드러냈다.

하얀 얼굴에 민간에선 보기 힘든 독특한 복색.

유대유는 그들의 정체를 단숨에 알아챘다. 과거 북경의 자금성에서 몇 차례 이런 자들을 본 적이 있었기 때문이다.

'환관. 그것도 동창에 속한 자들이다!

동창은 황제 직속의 관리감찰기관으로 무상의 권력을 지니고 있다. 본래 군문의 태생인 유대유가 그 같은 사정을 모를 리 만무하다.

슥!

유대유가 얼른 우두머리로 보이는 사십대의 환관에게 다가가 군례를 취해 보였다.

"소장, 유대유가 동창의 공공을 뵈오이다."

환관들의 우두머리는 동창 제독태감의 총애를 받고 있는 열두 명의 첩형 중 한 명인 조개였다. 웬만한 왕후장상에 버금가는 권력을 지녔을뿐더러 무공 역시 절정지경에 올라 있었다.

'헛! 과연 중원제일의 무신이라더니, 몸에서 뿜어져 나오는 기세가 상상을 초월할 지경이로구나! 만약 추포에 반항을 한다면 오늘 내 목숨을 부지하긴 쉽지 않겠어……'

—곤왕 추포!

어느 날 첩형 조개에게 떨어진 날벼락이었다.

그는 직속상관인 제독태감의 밀명을 받고 한동안 크게 번뇌했다. 중원의 무신이라 불리는 곤왕 유대유를 추포해 오라니, 어찌 두려움을 느끼지 않을 수 있겠는가. 잠시 동안 그는 동창을 떠나 산속으로 도주하는 상상까지 해야만 했다.

하지만 권력의 속성은 마약보다 강하다.

결국 그는 번뇌를 떨치고 애첩에게 유서를 남기고서 석 달 전 이곳 산해관으로 왔고, 지금 유대유의 무시무시함을 온몸으로 느끼고 있었다.

꿀꺽!

잠시 떨리는 심사를 가라앉히기 위해 몰래 호흡을 가다듬은 조개가 침을 한차례 삼킨 후 한 손을 내밀었다. 그러자 그의 수하 중 한 명이 얼른 황색 두루마리를 건넸다. 황제의 어인이 찍혀 있는 어지였다.

"절강성 방면 위소의 유군 총군인 유대유는 황상 폐하의 어지를 받들지어다!"

"황상 폐하, 만세! 만세! 만세!"

유대유가 얼른 예를 갖춘 후 바닥에 오체투지했다.

어인이 찍힌 어지는 황제의 현신이나 다름없었다. 군문에 속해 있는 유대유가 신하의 예를 취하는 건 당연한 일이었다.

'엎드렸다! 엎드렸어!'

내심 환호성을 터뜨린 조개가 재빨리 어지를 읽어 내려갔다. 장황하고 동서고금의 좋은 문장들을 잔뜩 가져왔으나 내용은 단순명쾌. 군을 멋대로 이탈한 유대유를 포박하여 북경으로 압송해 오라는 명령이었다.

"…그러하니 황상 폐하의 지엄하신 명에 따라 죄인 유대유는 당장 포박을 받도록 하라!"

어지 읽기를 끝낸 조개의 표정은 한결 편안해져 있었다.

어차피 이젠 끝이다.

더 이상 고민하거나 번민할 이유가 없었다. 곤왕 유대유는 황제의 신하로 포박을 받거나 반역자가 되어 탈출을 시도할 터였다.

‘그런데 그전에 날 일격에 죽이면 어쩌지?’

쓸데없는 걱정이었다.

유대유는 어느새 단정하게 일어서 양손을 앞으로 내밀고 있었다. 부당한 명령에도 불구하고 황제의 신하로 남는 걸 선택한 것이다.

‘휴우우!’

조개가 내심 길고 긴 한숨을 내쉬었다. 유대유의 손에 죽지 않고 살아남은 것에 대한 안도였다.

그런데 이 기묘한 심사는 또 뭔가?

묵묵히 추포를 당하고 있는 유대유를 바라보는 조개의 눈꼬리가 점차 가벼운 떨림을 보이더니, 얼핏 물기마저 번들거리며 내비쳤다.

중원의 무신!

아니다. 수호신이었다. 그의 평생에 걸친 행적이 이를 증명하고 있었다. 그런데 그런 유대유가 지금 오욕을 뒤집어쓴 채 죄인의 몸이 되어버렸다. 다른 누구도 아닌 자신의 손에 의해서.

‘제기랄! 어째서 내가 이런 일을 맡게 된 거람!’

내심 욕설을 내뱉은 조개가 포박에 이어 나무로 된 형틀까지 머리에 쓰게 된 유대유를 향해 슬쩍 고개를 숙여 보였다. 오만하기가 하늘을 찌르는 동창의 첩형으로서 그가 취할 수 있는 최대한의 예의를 보인 것이었다.

‘하늘이 참 푸르군…….’

유대유가 문득 초원의 푸른 하늘을 올려다봤다. 그의 시야 속에서 작은 매 한 마리가 자유로이 날갯짓을 하고 있었다.

〈제6권 끝〉

중원을 공포로 떨게 만든 희대의 악마, 혈마존.
그의 영혼이 기억을 잃은 채 차원 이동을 한다.

한 소년과 몸이 바뀐 후 깨어난 혈마존.
기억은 지워지고 싸가지없는 본성만 남았다!
욱할 때마다 튀어나오는 살벌한 말투와 그의 독자 무공.

'아, 나는 왜 이렇게 성격이 더러운가?
어째서 이리도 잔인한 기술을 알고 있는 것인가? 착하게 살고 싶다.'

살인광이었던 그가 전혀 어울리지 않는 대신관이 되기로 결심한다.
하지만 그 본성이 어디 가나……

"이런 빌어 처먹을 놈들, 신전에서 봉사 활동 안 할래?"

임준욱 장편 소설

무적자

WITHOUT MERCY

그의 이름은 임화평(林和平)이다.
이름처럼 살기를 소망했고 그렇게 살아왔다.
그를 건드리지 말았어야 했다.
조용히 살게 놔두었어야 했다.

"너희들 실수한 거야.
내 세상의 중심,
내 평안의 고리를 깨뜨린 거다.
세상 전부와도 바꿀 수 없는……
알게 해주마, 너희들이 누구를 건드린 건지."

그의 고독한 여정이 시작되었다.

─오, 바라타족의 아들이여. 언제든지 정의가 무너지고 정의가 아닌 것이
판을 치는 때가 되면 나는 곧 나 자신을 나타내느니라.
올바른 자를 보호하기 위하여, 악한 자를 멸하기 위하여, 그리하여 정의를
다시 세우기 위하여, 나는 시대에서 시대로 태어난다.

〈바가바드기타 중에서〉

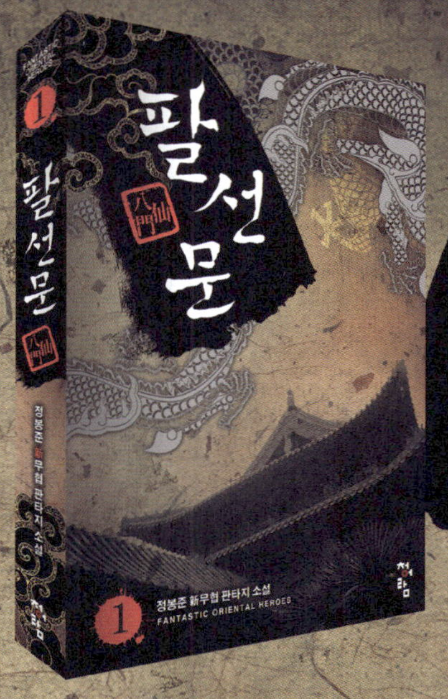

정봉준 新무협 판타지 소설

『철산전기』의 작가 정봉준!!!
팔선문을 통해 또 다른 유쾌함을 선사한다!!

뛰어난 자질을 갖춘 팔선문의 대제자 유검호,
그의 치명적인 단점은 게으름과 의지박약!

천하제일마두의 기행에 재수없이 동참하게 된 의지박약아.
갖은 고생 끝에 가까스로 고향으로 돌아오다.

"무림? 그딴 건 개나 주라 그래. 나만 안 건드리면 돼!"

시간을 가르는 그의 행보에 무림이 뒤집어진다!!!

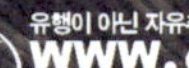

유행이 아닌 자유추구 -
WWW.chungeoram.com

사람들이 인식하는 상식의 세계 이면,
짙은 어둠이 드리워진 그곳에 사는 괴물들이 있다.

문명이 드리운 그림자 속에서, 전투기계들과
인간의 사념으로부터 태어난 마물들이 격돌한다.
마법과 주술이 난무하는 초현실적인 전장,
소년은 그곳에 서는 대가로 인생을 잃었다.
운명의 노예가 되어 가족과 인성을 잃어버린 소년, 진유현.

총염(銃炎)과 검광(劍光)이 뒤얽히는
어둠의 거리에서, 운명의 족쇄를 끊고 나온
소년의 눈이 살의를 발한다.

Book Publishing CHUNGEORAM